MARISSA STAPLEY

幸運女神

LUCKY

NOVEL

瑪麗莎·斯特普利——著

康學慧——譯

這本書獻給我的母親，薇樂莉（一九五一～二〇二〇），
她教會我勇敢與堅毅。
但她沒有教我詐欺，這部分我只能靠自己研究。

這個世界隨處可見陰謀詭計。
然而，不要因此否認美德的存在，
許多人仍奮力追求更高的理想。
無論在任何地方，人生總是充滿見義勇為的精神。

——麥克斯．埃爾曼，〈我們最需要的〉（Max Ehrmann, "*Desiderata*"）

楔子

一九八二年二月
紐約市

有人把嬰兒遺棄在修道院外。今晚輪到瑪格麗特・吉恩守夜，其他修女全都戴了耳塞，聽不見刺耳的哭聲。儘管如此，她躺在床上一動不動，希望其他人會起床去處理，這樣她就不必解決這種麻煩事。例如法蘭莘修女，她最愛找事做；丹妮爾修女也不錯，大小問題她都有辦法搞定。嬰兒哭得更大聲了，其他人依然沒有醒來。

瑪格麗特・吉恩摸摸脖子上的金十字架項鍊。她進修道院才幾個月而已，還在接受望會生(註)培訓。下週院內的所有修女將決定是否讓她正式加入。這是她第一次負責守夜——這是一次考驗。

她其實並非天主教徒，她偽造了受洗證明。這個主意原本感覺無比絕妙，可說是她

譯註：望會生（aspirancy），成為修女前的第一階段培訓。

至今最厲害的騙局，假扮成希望將生命奉獻給教會的年輕女性。絕不會有人想到來修道院找她，在這裡很安全。問題是這裡的人期待她是聖人——她絕對不是。

嬰兒還在哭。外面氣溫很低，那孩子可能會死。她強迫自己站起來，穿上一件毛線外套，拿著手電筒往外走。

風很大，她必須用力推才能打開大門。台階正中央有個小小襁褓，裡面蓋著粉紅嬰兒毯，一個小小的拳頭蜷縮顫抖。

*親愛的上帝啊，如果這是別人的問題就好了。*瑪格麗特．吉恩發現自己竟在祈禱。這個習慣很新，就像她今晚借用的修女袍一樣新，感覺好像在角色扮演。

一名男子沿著人行道朝大教堂走來。他在台階底停下腳步，聽了一下子，接著走上台階，瑪格麗特．吉恩站著不動，看他打算做什麼。他跪下，對嬰兒說話，但風聲加上哭聲，瑪格麗特．吉恩聽不見他說了什麼。他抱起嬰兒，哭聲立刻停止。

瑪格麗特．吉恩盡可能保持不動。那名男子抬頭看她，一手按住心口。「修女。」他開口。風停了，頭巾落回她的臉旁，垂在肩膀上。那個人抱著嬰兒走上台階。

「修女。」他重複。

她頷首。「你好。」那個人長得太好看，像電影明星卡萊．葛倫或洛克．哈德森。她遇過這種類型的男人，也有過親密的切身經驗，修女不該有的那種。那個人的外套袖子的手肘部位快磨破了，鞋子卻像鏡子一樣亮。他抹了很多髮膠，風幾乎吹不動。

「我叫約翰，」他說，「對不起，我的孩子吵醒妳了。」

「你的孩子？」

「對……」他抬起視線看天，「……感謝上帝讓我找到她。我太太葛蘿莉雅狀況不太好……呃，妳知道，產後憂鬱症。」他說話時圓唇母音（註）會上揚，有點愛爾蘭腔。「今晚我出門去工作，回家時發現她陷入狂亂。她說她把寶寶丟掉了，丟在一家教堂前面。整個晚上我走遍整座城市想找出那家教堂，現在終於找到她了，感謝上帝。」

「你怎麼不報警？」

「我擔心太太會被逮捕。」他注視她的雙眼，尋找著什麼。她很清楚他找不到。「所以我只能祈禱，希望能發生奇蹟。沒想到成真了！我找到寶寶了。修女，妳可以回去睡了。」

瑪格麗特．吉恩低頭看寶寶。「你太太應該去看醫生。」

譯註：ü、u、o、a。

「當然，我保證一定會帶她去，但我太太理當有改過自新的機會。上帝的子民都值得有第二次機會，不是嗎，修女？」

他說話的態度彷彿認識她，彷彿他知道她得到過的所有第二次機會，無論她值不值得。她對這個人心生憐憫，這種感覺來得太快，有如此刻在馬路上橫衝直撞的麵包卡車，準備開始清晨的送貨工作。

「祝福你，」她思考該怎麼說才對，「希望你們一家人好運。」

男子注視著她脖子上的金十字架。「我們需要一點幫助，」他說，「我可以賣掉那個金十字架換錢。請問妳是否能施捨給我？妳的大名是……」

「瑪格麗特．吉恩。」她回答。

「這樣我們就有錢買生活必需品了，」他接著說，「還有奶粉。我太太的身體狀況不好，已經沒有奶水了。」

這條項鍊只是個道具；雖然真的是黃金，但依然是道具。她取下放在嬰兒身上。

「這是十四K金。」她發覺行善的感覺真好，不是奪取，而是給予。

她低頭看寶寶。

「她叫什麼名字？」

他略為猶豫，但很快就說出：「露西安娜，和我母親同名。」

瑪格麗特．吉恩選擇相信他。她用手指在露西安娜的前額上畫個十字架，幾個小時前舉行聖灰星期三彌撒時，神父也對她做過同樣的動作。「妳的罪已獲赦免。」她說完之後抬起視線看著那個男人的眼睛。

見習修女必須日復一日閱讀聖經，讀多了果然有影響：讓人開始相信到處都會發生奇蹟，甚至在皇后區。瑪格麗特．吉恩想像自己真正賜福給這個孩子和那個男人。她給予他們護佑，遲早有一天會再見到他們。她想像自己做了正確的選擇。

她進入教堂、鎖好門閂，回到她的小房間之後，她為那個寶寶和男子祈禱，希望他們能得到祝福、得到好運。

第一部

第1章

露西安娜・阿姆斯壯站在加油站的洗手間裡，這裡是愛達荷州，快到內華達州邊界了。她穿著白色上衣、海軍藍西裝外套、同色裙子、低跟鞋；頭髮往後梳攏，紮成整齊包頭。「掰啦，愛蕾娜。」她對鏡子裡的自己說——盡可能不理會內心的悲傷。她還以為愛蕾娜不會輕易消失。

她脫掉衣服塞進手提包，拿出迷你小禮服和細高跟鞋。把禮服套上之後往下拉，撫平綴金珠的衣料，摸到平坦腹部時，哀傷刺痛心靈，她鬆開長髮。

現在鏡中出現一個陌生人。

「嗨，福星。」她說。

她在加油站的便利商店閒逛，站在貨架前猶豫該買起司球還是蝴蝶餅；一個買香菸的男子對她吹口哨。她決定兩包都買，拿著零食走向收銀台，排隊時順便看了一下報紙頭條：華爾街末日，分析師預測二〇〇八年股市崩盤將是史上最慘烈。櫃台前的硬紙板立牌吸走她的視線，上面寫著：百萬大樂透。這句廣告標語讓她回到十歲，和爸爸一起在九十號州際公路上奔馳，天曉得要去哪裡。「你是全世界最好運的孩子。」他總是這麼對她說。每次他們在這樣的加油站便利店休息，他一定會買樂透彩券。「雖然不可能中大獎，但買個希望嘛。」他經常這麼說，「孩子，樂透是史上最大的騙局，由此可見政府也像我們一樣，欺騙人民，讓大家相信美夢可以成真。」當他說這種話的時候，福星會覺得他們的身分和所做的事也沒那麼壞。

到了收銀台前，福星一時衝動從立牌上拿了一張選號單，填上她的專屬數字。小時候她因為好玩而選出這幾個數字：十一，因為那是她開始思考幸運數字的年紀。十八，因為那是她等不及要成為的年紀，當時她以為只要成年，人生就會自動充滿魔法。四十二，因為那是她想出這些號碼時爸爸的年紀。九十五，因為那是他們那天經過的高速公路編號。七十七，還用說嗎？

她將選號單交給店員，他印出彩券交給她。「記得簽名，」他說，「大家都忘記要簽名，中獎之後才發現彩券被偷或弄丟。這次的獎金很高，三億九千萬。」

「連續**兩次**遭到雷擊的機率比中頭獎還高，」福星說，「這只是個美夢罷了。」她轉過身，經過監視器時垂下頭，走向店外的停車場。她將彩券放進皮夾裡，想像自己身在多明尼加[註]的海灘豪宅，偶爾拿出彩券緬懷爸爸——雖然他只是在坐牢。

她的男友凱瑞已經將銀色奧迪加滿油了，他看到她，露出笑容，用嘴型說*超辣*。她賞他一個飛吻，搖曳生姿走向車子。但一個聲音讓她回頭。

「可以給我一點零錢嗎？」

一個女人坐在地上，背靠著加油站水泥牆，手中拿著一塊紙板，上面寫著：*失業、破產，任何施捨都有幫助*。福星拿出皮夾，將裡面的幾張百元鈔都給出去，準備離開時又停下腳步，將包包裡的上衣、裙子、外套、鞋子拿出來。

「這些也給妳。」福星說。

「我要穿去哪裡？」

「可以拿去寄售店賣掉，不然……」福星彎下腰，「也可以用這套衣服假扮成別人。」

那個女人困惑地呆望著她。「**什麼**？」

「當我沒說。總之……保重，好嗎？」

她重新走向凱瑞，他笑嘻嘻看著她。她上車，他捏住她的下巴，將她的臉轉過去親吻她的唇。「妳真是辣爆了，呃……我忘記姓什麼的太太……我們在飯店登記的姓是什麼？安德森？妳走進去的時候樣子像個銀行投資專員，出來的時候變成以前那個辣妹。妳好久沒有打扮這麼辣了，我**喜歡**。現在我終於明白為什麼妳這麼想去拉斯維加斯了。」他放手，她感覺他們之間的氣氛改變了。「不過，真的很有意思，妳總是以為只要給那種人錢，就能，怎麼說？救贖自己。很快妳就不會再有這種心情了，很快妳就會把這一切拋在腦後。」

她突然覺得很煩。

「『那種人』？而且我不是為了救贖才給她錢，我只是想幫助需要幫助的人。」

「為什麼？」

車窗外，那個女人舉起手揮了揮，但福星轉開視線。

「為了彌補我們偷錢的罪過所以當羅賓漢？」凱瑞繼續說，「劫富濟貧？真可愛。」他發動車子，駛出停車場。「沒用啦，我們就是做這行的，福星。」他很擅長直接挖進別人內心隱密的痛點，最近她經常因為他的這個毛病憂心。畢竟他們要一起搬去遙遠的島嶼，到時只有他們兩個人相依為命，永遠不可能離開。

譯註：多明尼加（Dominica），加勒比海的島國。

凱瑞開進高速公路車流中，打開收音機。車上響起動滋動滋的電音舞曲。他瞥她一眼，露出笑容，她也報以微笑。

「一定會很好玩。」她對他說，希望能說服他，也說服自己。

「絕對會啦，現在就很棒了。我們需要狂歡一下。幹了一票大的，當然要爽一下。」

她打開蝴蝶餅的包裝，將袋口朝向他。他們只是一起駕車出遊的尋常情侶，沒什麼好害怕。「你覺得多明尼加會是什麼樣子？」他們剛認識的時候常玩這種遊戲，夢想將要一起打造的人生，在心中構築未來。這次他們走得太倉促，沒有時間夢想接下來的嶄新人生。「肯定要住在海邊……你覺得要不要游泳池？」

「嗯？」凱瑞從袋子裡抓了一把蝴蝶餅，再次看向後視鏡。

「不要游泳池，」福星決定，「既然有大海，幹嘛要游泳池，對吧？我們要養狗；去收容所領養，就像貝蒂一樣，然後每天帶狗狗在海灘散步很久。」一想到貝蒂，她就無法繼續作夢。他們在波伊西（註）的家，附近的電線桿上依然貼著協尋狗狗的海報。失去貝蒂使她空空的身體又添劇痛。

「會不會有人找到牠？」福星說，「有好心人撿到牠？」

凱瑞轉頭看她一眼，又回頭看路。

「找到誰？」

「貝蒂。」她的喉嚨梗塞。

「當然，我相信現在一定有人好好照顧牠。不用擔心，貝蒂會平安無事的。」凱瑞一手放開方向盤握住福星的手。「我知道妳很難過，但我們以後絕對會一帆風順。」他的手在冒汗，她感覺得出來他很害怕。

老實說，她也是。

譯註：波伊西（Boise）美國愛達荷州首府。

一九九二年九月
紐約州，阿第倫達克山脈

福星和爸爸搭檔工作，因此從她有記憶以來，已經走遍了全國各地。她才十歲——但像三十歲一樣成熟，爸爸經常這麼說——已經可以說是見多識廣了。

例如，福星已經知道錢不會從天上掉下來，必須努力追逐才能得到，而且過程往往非常辛苦。「有些人得比別人更勤奮，」爸爸常說，「但妳真的是福星，妳的財運比別人好。不過好運也必須努力鍛鍊，這樣才不會有一天突然消失。這也不輕鬆喔。」

這是他們第一次真正去度假。近來他們幸運得到一筆橫財，爸爸決定奢侈一下，帶她去阿第倫達克山脈的豪華飯店。

「一整個星期不用工作，妳可以看書、放鬆、游泳，想做什麼都可以。」

福星把臉貼在車窗上，摸摸從不離身的金十字架。她還是嬰兒的時候就一直戴著，這是早已離去的媽媽留下的禮物。他們走南闖北，能帶的東西不多，這條項鍊是少數她絕不會丟棄的東西，更是唯一真正屬於她的東西。

福星坐在後座，身邊堆滿書籍，這是他們在上上個城鎮從圖書館「借」的。偷圖書館的書讓福星感到罪孽深重，比偷其他東西更不應該，但爸爸說這些書是政府買的——政府虧欠他們。更何況，他們需要那些書，因為她在家自學；他稱之為「路上自學」。

他們高速經過一個告示牌，上面寫著：歡迎光臨紐約州，帝國之州。

「欸，我不是在這裡出生的嗎？就在這附近？」

「妳是在紐約市出生的，」爸爸說，「不是山區這裡。」

「可是媽媽是這裡的人，對吧？就在這附近？你自己說的吧？葛蘿莉雅．戴佛如來自這裡。」

「有嗎？」

福星放下正在讀的書，《優雅的宇宙》（註1）。她不知道其他十歲小孩都在讀《雞皮疙瘩》（註2）系列，而不是探討弦理論的科普書。她不認識其他十歲小孩。「有啦。有一天晚上你去打撲克牌，回家的時候，我問你葛蘿莉雅是哪裡人，你說『阿第倫達克』。」

譯註1：《優雅的宇宙》（*The Elegant Universe*）美國物理學家布萊恩．格林恩（Brian Greene）的著作，以弦理論探討宇宙的時空結構。

譯註2：《雞皮疙瘩》（*Goosebumps*）美國作家R.L. 史坦恩（R.L.Stine）創作的一系列兒少恐怖故事書籍。

「妳不該趁我喝醉的時候問問題，我去打撲克牌幾乎每次都會喝醉。妳在看的那本書是講什麼的？」

「告訴我媽媽的事，」福星催促，「告訴我葛蘿莉雅的事。」

「我要專心看路。」他撒謊；爸爸就算蒙著眼睛也能在高速公路上開車。

「拜託啦，」福星撒嬌，「說一件事就好。」

關於媽媽離開的經過，爸爸每次都輕描淡寫地這麼說：「有一天晚上，我出門幫妳買奶粉，回家就發現她不見了。」他的語氣如此斷然，彷彿福星的媽媽徹底人間蒸發。但她一定還存在，生活在世上某個角落，不是嗎？

每當福星刺探關於媽媽的事，爸爸的反應總是不太好。有時他會發脾氣叫她不要揭瘡疤；有時他會說問這些很殘忍，因為會讓他傷心。不過，久久一次，他會認輸，丟給她一些小片段。

「為什麼這條項鍊在她眼中這麼特別？為什麼留給我？如果她不想和我有任何瓜葛，根本不必留下**任何東西**給我，對吧？」

福星以為他不會回答，但他開口了：「她是聖莫妮卡教區禮拜堂的信眾，」爸爸透露，「那條項鍊是那裡的修女送她的。」

「禮拜堂？」福星重複。

「對，就像教堂一樣。」

福星從來沒去過教堂。她問：「去教堂的人都在做什麼？」

又一陣沉默。接著爸爸說：「他們會探討做好人的意義。上帝會怎麼懲罰壞人，會被送去多可怕的地方。講地獄的事。」

「噢。」福星蹙眉。

她聽說過地獄，但從來沒有多想。有些人會說爸爸應該下地獄。

她摸摸項鍊，再次望著窗外，看起來宛如絲絨的阿第倫達克山脈逐漸清晰。雖然她對宗教的了解很少，也不知道怎樣是好人、怎樣是壞人，但她擔心他們父女八成是壞人。他們欺騙、偷竊、東躲西藏。她讀過很多書，英雄和反派的故事，她很清楚他們屬於哪一邊。

她還有很多問題想問爸爸，但或許她並不太想聽到答案。她重新拿起書，爸爸打開收音機收聽洋基隊比賽轉播。

「丫頭，大概還要一個小時，妳好好休息吧。這個星期一定會很棒。」

他們終於抵達高雅的飯店。飯店坐落在小島上，一條短橋通往本土。小島位在喬治湖中，四周都是波光粼粼的湖水。

接近薩加摩爾酒店時，爸爸說：「尼克森總統曾經下榻這裡。」說到這裡，爸爸來上一段歷史課，列舉一些史實。「尼克森其實也做過好事，」他做出結論，同時駕車經過圓形車道，停在富麗堂皇的白色建築前。「但他做的壞事太多，所以被掩蓋了。通常都會這樣。」

福星抬頭欣賞飯店的尖塔、陽台、彩繪玻璃窗，接著注意力轉向四周走動的人。

「這段歷史加上妳剛才讀的書，今天的課業到此結束，丫頭。」

福星沒有在聽。她知道機會渺茫，但依然一一察看房客與員工的臉，尋找媽媽。現在她掌握到了新線索：媽媽會上教堂，她有個修女朋友。

泊車小弟走過來。她搖下車窗探出頭，空氣很清新。這個星期一定很完美，福星感覺得出來。

他們上樓進房。從大落地窗看出去，景色一覽無遺，山脈、湖水、飯店花園。福星的爸爸放下老舊行李箱，上面滿是貼紙，紀念他們去過的每個地方。他往靠近落地窗的床一躺，沒有脫下亮晶晶的鞋子，雙手枕在腦後，愉悅嘆息，閉上眼睛。福星將她那個比較小的行李箱放在另一張床上打開，動手整理行李。她拿出一件黃色泳裝，看他一眼。

「我可以去游泳池嗎？」

「福星，我們在度假，妳想做什麼都可以。」

「萬一我這個年紀的孩子不能單獨去游泳池怎麼辦？」

爸爸閉上眼睛說：「那就騙他們妳夠大了。」

福星離開房間，在飯店周圍逛了一下。游泳池人太多，於是她放棄，繼續往下走到湖邊。就在她正要下水游泳時，救生員對她吹哨子，大喊：「不能在這裡游泳！」

福星轉頭瞇眼看他。「為什麼？」

救生員指著沙灘那邊用浮球圍起來的小區域。「戲水區在那裡！」

福星走向戲水區。人很多，她在水邊站了一下，觀察大批動來動去的人體，大人吼、小孩叫。她轉身回游泳池，找了個人最少的角落——其實人還是很多——坐在池邊，雙腿泡在水裡，觀察水裡的兒童游泳、潑水、吐水、潛水。她看到一個小男孩游到池邊抓住水泥邊緣，閉上眼睛，一臉很舒爽的表情。他的下方有一股黃色液體散開，她覺得很噁心，急忙轉開視線。

有人過來她旁邊坐下，是名和她年齡相仿的女孩子，栗色長髮柔柔亮亮，完全不像福星狂野粗硬的螺絲鬈。那個女孩也將腿泡進水裡，福星低頭看她的腳，女孩戴著腳趾戒，在陽光下閃閃發亮。

「妳不覺得很荒謬嗎？」女孩說。

福星吃了一驚。「嗯。」她擠出一句回答，無論那女孩說什麼，她都想同意。

「明明有那麼漂亮的大湖，我們卻只能在那個小地方游泳。」她指著沙灘上的小小戲水區，再回頭看福星和游泳池。「不然就是這裡。還是**算了吧**。」

福星試著估量這個女孩，但她從來沒有估量過小孩子。她有種感覺，這個人好像表裡一致。「嗯，」她說，「**算了吧**。那邊那個男生，他剛才好像尿尿了。」

女孩放聲大笑，急忙把腿從水裡抬起來。「超噁！」

福星也把腿抬起來抱在胸前。

「要不要去走走？」女孩說，「只要繞過那個角落，救生員就看不見了，可以盡情游泳。」她站起來，福星也急忙跟著站起來。「我叫史蒂芬，妳呢？」

福星好喜歡那個名字；她有個心愛名字清單，史蒂芬榜上有名。

「我是安德瑞雅，」她說，這是她和爸爸商量好這趟旅程用的假名。「大家都叫我小安。」這部分是她臨時編出來的。她做對了，因為史蒂芬露出笑容。

「小安，我喜歡，」她說，「來吧，我們走。」

史蒂芬和「小安」在外面玩到太陽斜映湖面，山脈也從灰綠變成藍紫。最後史蒂芬說：「我該回去了，我媽會擔心。」

「嗯，我爸也會。」福星說，雖然其實應該不會。

「妳只有爸爸？」

福星點頭。

「我也只有媽媽。」史蒂芬說。她正要站起來，又改變主意重新坐回沙灘上，福星等著看她要做什麼。現在頭頂的天空變成深藍了。

「我爸爸過世了。」史蒂芬說。

「很遺憾。」

「謝謝。我很想他。」

「他是怎麼死的？」

「心肌梗塞。他真的很健康，不過好像工作壓力很大之類的。我媽總是說要不是他工作太認真，現在應該還在。她每次都哭著說要這麼多錢有什麼用。她經常捐錢給慈善機構，她說寧願沒錢但爸爸還在。有時候我會忘記他過世了，到處尋找他。對不起，妳大概不會懂。」

「我懂，」福星說。她再添上另一個謊言，就像戴上成對的耳環。「我媽媽也過世了。」她輕鬆說出編造的故事，甚至不感到愧疚，因為她實在太想交朋友了。

她講完之後，史蒂芬握住她的手捏了捏。太陽幾乎完全西沉了。天空中，一顆星星閃爍一陣之後停住。福星也捏捏史蒂芬的手，一滴淚水滑落臉頰。她不是因為傷心而哭，也不是為媽媽哭。難得一次，她喜極而泣。她交到朋友了。

隔天晚上，她爸爸說：「好吧，我來整理一下。我還是維吉爾，但妳現在用小安這個暱稱。我們住在密西根州的蘭辛市。開車來這裡是為了夏季最後犒賞自己一下。我們先去了多倫多觀光，還登上加拿大國家電視塔。妳媽媽去年過世，罕見血液疾病。福星，妳太會編了，真的很厲害。」

「我不是想要你稱讚，我只是告訴你一下，以防萬一你和她見面聊起來。我不希望你搞砸我的故事，她是我的朋──」

「剛剛我才和她媽媽聊過，她的名字叫達拉。我安排了兩家人一起吃晚餐。丫頭，看來我們的假期結束了，現在要開工啦。這對母女很有錢。達拉竟然戴整圈鑲鑽的手鍊下水游泳，有沒有搞錯？她還沒摘下婚戒，但多虧有妳，現在我知道她是寡婦。總之，再過半個小時我們就要和她們一起用餐，我們的說詞要再順一順。我們要告訴她們，其實妳也生病了，害死妳媽媽的那種罕見血液疾病會遺傳。我無法負擔醫療費，來這裡是為了實現妳的心願，因為……唉，我實在不知道妳還能活多久。」

「爸。拜託，一定要嗎？不能只撒一個謊嗎？」

他本來對著鏡子打領帶，這時轉身看她，一臉不解。

「可是我們只在這裡待一星期，然後就要走了，我們不是每次都這樣嗎？妳永遠不會再見到她。她不是妳的朋友，這是我們的工作！別忘了，雖然現在我們有一點錢，但運氣不會永遠這麼好，錢遲早會有花完的一天。光是在這裡住一個星期就花了我很多錢。」

福星垂下頭。「你說過我們是來度假的！你說過沒有別的事！」

爸爸嘆息，過來和她一起坐在床上。「丫頭，機會上門就要把握，否則就會被別人搶走。我以為教過妳了。妳不能放下防備，永遠不能，即使在玩樂的時候——尤其是在玩樂的時候。好了，別鬧情緒了，快點去整理頭髮、把眼淚擦乾，我們該下樓了。」

第二天早上，福星坐在泳池旁，腳趾泡在水裡。水泥刮痛她的大腿。史蒂芬在她旁邊坐下。福星轉頭看她，想要牢牢記住她的樣子，永遠不忘。史蒂芬長髮垂肩，鼻子上有雀斑，笑的時候嘴有點歪。但現在她沒有笑。

「下星期就要開學了，」史蒂芬鬱悶地說，把腳放進水裡，垂在福星的腳邊。「暑假快結束了。真不敢相信。」

福星思考該怎麼回答，但史蒂芬似乎察覺不對，皺起眉頭。「抱歉，妳沒有上學。妳在家自學。因為妳——」

在那一刻，福星真的覺得自己病了。眼前這個人，福星明明想要做她真正的朋友，卻必須將她視作肥羊，騙她說自己生病了。她覺得全身不對勁，就像真的罹患了她捏造的罕見血液疾病，害死素未謀面的媽媽的那種病。

「我沒有生病。」福星說。這句話灼痛她的喉嚨。她真的要背叛爸爸，推翻他的故事？一旦說出實情，他們必須立刻離開這家飯店，不能耽擱。她再也見不到史蒂芬了。但還是該說。反正他們本來就要提早離開，她從此再也見不到史蒂芬——但不只如此，她認定是朋友的人會記得福星，記得**這場騙局**，一輩子不會忘。

「那只是我爸編的故事，」福星接著說下去，抬頭直視太陽，希望能被照瞎。「我沒有生病。我身體很好，非常健康，完全沒有問題。」

史蒂芬轉頭，伸手按住福星的手。「真的？」她問。

「真的。」福星回答。

史蒂芬沉默片刻，似乎在思考。隨後她說：「沒關係。」

「當然有關係，」福星哭著說，「怎麼會沒關係？」

「我懂，妳想假裝妳會平安無事。我聽見媽媽打電話給銀行，她原本想給你們一個驚喜，她會給妳爸爸治療費用。妳會好起來，很**棒**吧？」

福星眼前冒出黑點。「妳媽媽不該做這種——」

「噢，小安。沒關係啦，我們**真的**很有錢。現在妳可以去上學了，說不定。」福星感覺淚水沿著臉頰滑到下顎，**滴滴答答**落在鎖骨上。「說不定妳可以搬到離**我**很近的地方，說不定妳可以搬來貝爾維尤（註），住在我家附近。我媽一定會很高興，她真的很想再和妳爸爸見面。我們讀同一所學校，這樣太完美了。說不定……」她握住福星的手臂，「……我媽媽會和妳爸爸結婚，到時候我們就是**姊妹**了。想像一下！」

福星的視線離開太陽，一次又一次眨眼，直到重新看清世界。她望著池水，注視水中兩人並排的腳趾。史蒂芬給了福星一個腳趾戒，一模一樣的戒指在水波中閃耀。姊妹腳。

「說不定會成真呢。」福星說，抽出被史蒂芬按住的手，舉起來抹抹臉，直到眼淚乾掉。但史蒂芬再次握住她的手。

「我**知道**，」她說，「我知道妳一定會平安無事。有一天，妳的罕見疾病會就這樣……消失。」

「嗯，有一天，」福星說，「一定會像妳說的這樣。」

譯註：貝爾維尤（Bellevue），位於美國華盛頓州東部的城市，與西雅圖隔華盛頓湖相望。

第2章

在百樂宮賭場深處，福星找到凱瑞。他靠在遠處的吧台上，看著她。她對凱瑞拋個媚眼，然後低頭看牌。這一桌是德州撲克，她左手邊的牌咖非常年輕，下巴還長著青春痘，他跟注。

「兩百。」

她假裝用力思考。賭場的噪音此起彼落：音樂、碰杯、歡笑，以及一聲吶喊。

「我加注到三百。」她回應。痘痘小子幾乎沒有掩飾嘲笑。

「小姐，這樣不合規則，」荷官說，「必須加倍。」

「好喔，我有夠傻！那我加倍。」

「四百嗎，小姐？」

「對。」

荷官轉向福星右手邊那個不起眼的中年男子。他戴著婚戒，但從她坐下之後，他就一直色瞇瞇看她，相當明目張膽。他也加注，又企圖從她的領口偷看胸部，福星假裝遲鈍到沒有察覺。第四位牌咖是個男性，身上的西裝太寬鬆，他選擇棄牌，痘痘小子也一樣。

「那我也棄牌好了。」福星說，將紅色長鬈髮甩到背後。她感覺到凱瑞依然從另一頭看著她。她縱容自己再次對上他的視線，一邊嘴角挑起隱密的笑容。拿到新發的牌之後，她貼在乳溝上，擋住右邊那個中年男子的視線。凱瑞大笑。

感覺真好，她希望凱瑞也感受到了。這就是她想來拉斯維加斯的原因：在出發之前，給雙方一個機會找回相愛的感覺。

「小姐？請將牌放在桌上。」

「哎呀，對不起，我又忘記規則了。」福星把牌放下，對荷官笑笑。

寬鬆西裝男開始翻牌前喊注。過去一個小時他只加注過三次，這代表他拿到大牌——雖然說這也沒什麼影響。輪到她時，她加注到六百，然後點點頭，彷彿很高興終於熟悉規則了，因此感到自豪。

「兩千五。」痘痘小子說。

中年男子跟注，寬鬆西裝男也一樣。

「我全押。」福星說，看向遠處的凱瑞。但他在吧台前和一個男人講話，兩人的頭靠在一起，神情凝重。她感到恐懼顫動，有如耳邊低語。那個人是誰？

「什麼？喂？」痘痘小子往前靠，瞇起眼睛。「妳在唬人吧？」

她收回視線看他，擺出一臉天真的模樣，雙手交握放在前方。「想也知道吧？我怎麼會告訴你？」

他聳肩，然後說：「棄牌。」另外兩個人也棄牌。

荷官對福星點點頭，將籌碼推給她——足足九千元。這注她全拿。和凱瑞說話的人走了，他獨自靠在吧台上，呆望著遠處。

「好吧，」痘痘小子說，「如果妳沒有唬人，那就快亮牌吧。」

「我可沒說沒有唬人喔。」福星站起來，同時亮牌。這手牌爛透了：一張黑桃五、一張方塊十。她看看贏來的籌碼，將一半推向荷官當小費——他難以置信，整個人呆住——剩下的則推向痘痘小子。「拿去玩吧。這場牌局很精彩，謝謝大家啦。」三個玩家震驚地看著她轉身走向吧台。

她到了凱瑞身邊，他說：「唉，妳應該留著那些籌碼，看起來妳贏了不少呢。」

「何必？我們明天就要離開了。我們在多明尼加的帳戶裡有很多錢，而且兌現籌碼必須出示證件。更何況，這樣不是很好玩嗎？他們的表情！非常值得。」

他的神情難以解讀。她心中一沉，意識到這是他的撲克臉。

「你還好吧？」她說，「剛才和你說話的人是誰？」

「噢，他只是問廁所在哪。」凱瑞說，他靠近一步。現在他看她的眼神，就像他們邂逅當時一樣，那時他的眼神讓她覺得自己是世界奇蹟。「我真的好愛妳，妳知道吧？妳讓所有事都變得很有意思。來，」他將她拉向吧台，「妳說得沒錯，我們有錢。我們來慶祝吧，歡慶人生。」他對酒保說，「麻煩來瓶八五年的香檳王。」

「凱瑞，不要啦，已經很晚了，我們一大早要去趕飛機——」

「那我們乾脆別睡了吧，」凱瑞笑著說，「是妳說想在離開之前享受人生最開心的一夜，現在時間還很早呢。」他伸手拿酒瓶，她抓住他的手。

「我只是覺得應該喝不完，我們很早就要起床去機場。不如我們回房間，然後……」

她吻他，他的注意力離開吧台。

「小露，我們有很多時間可以做那件事。明天我們就要跑路了，今晚先狂歡一下，就當作我們在地球上的最後一夜。」他再次吻她的唇。酒保打開香檳瓶塞，凱瑞對她說：「跟著我說：『我想狂歡一整夜。』」

她接過酒杯。「我想狂歡。」

「一整夜。」

「一整夜。」她順從地重複。

他拿起酒瓶，大步走向賭場另一頭。在出口前保全叫住他們。「喂，不可以把酒瓶拿——」凱瑞塞給他一百元，腳步完全沒有停頓。福星脫掉細高跟鞋掛在手指上，跑過去在電梯前追上他。

進了電梯，他從口袋拿出一張卡片，上面寫著僅限員工使用，他感應卡片，按下禁止賓客進入的樓層。

「你從哪裡……噢，算了。」

「沒錯，寶貝，妳不需要知道。」

電梯門開了，他牽起她的手，拉著她穿過一條走道，來到一扇門前。這扇門通往屋頂露台，絕美的城市夜景盡收眼底。

凱瑞走到露台邊緣，高舉雙手，一手拿著酒瓶，一手拿著酒杯。

福星輕輕把他往回拉，但他不肯動。「小心點。」她說。

終於他後退，將她攬進懷中。

「妳就要和我一起度過永生難忘的夜晚，準備好了嗎？」

「現在已經很難忘了，剛才我唬得那三個人輸光光——」

他斟滿她的酒杯。「我希望妳忘記其他所有事，只要專心和我**在一起**。福星，我要妳重新愛上我。告訴我妳愛我，無論發生什麼事，永遠都會愛我。」

「當然嘍。」

「永遠？無論發生什麼事？」

「凱瑞，你怎麼回事？」

「沒什麼，我沒事。只是……我不敢相信我們真的要遠走高飛了。」

「我們真的要走了，而且再也不回頭。」

他舉杯碰一下她的杯子。「再也不回頭。」他說。

他們轉身望著天際線。遙遠的視線下方，拉斯維加斯的燈光灑落大地，有如翻倒的珠寶箱，閃耀的光芒在沙漠邊緣消失，再過去只有一片漆黑。她低頭看著，深吸一口氣，恐懼變成興奮。她心中有個東西擾動，感覺像是希望——拿出樂透彩券準備對獎時的那種希望。凱瑞牽起她的手，帶她下樓進入拉斯維加斯熱氣蒸騰的黑夜。突然間，她覺得這一夜才剛開始。

一九九二年九月
紐約州，查波池

結束了。福星和爸爸退房離開薩加摩爾酒店，比他們告訴史蒂芬母女的日期早一天，沒有向她們道別。匯票在約翰的襯衫口袋裡，福星看到了。她埋頭讀《優雅的宇宙》，因為她不想和爸爸說話，她想假裝自己身在不同的世界，甚至不同的銀河系。他們把車停在銀行外面。他進去，回來時腳步雀躍，手裡拿著厚厚一包錢。

他把錢放進手套箱鎖好。

「丫頭，現在我們真的發了。」他說。

她沒有回答。

「噢，別這樣嘛，妳還在嘔氣？」

依然沉默。

「好吧。唉，我知道一個好地方，一定能讓妳打起精神。」

他繼續開車一個小時，之後停在路邊。她看到一排樹的後面閃耀水光。

他們下車，他說：「看啊，查波池。」她從來沒有看過這樣的池塘。感覺比較像湖，圍繞四周的峭壁上有很多人在攀岩。福星抬頭看那些人。怎麼會有人那麼勇敢？攀岩的人像螞蟻一樣在岩壁上移動，鷹與隼在他們旁邊俯衝飛掠。

「這裡可以游泳，」爸爸說，將她的注意力拉回池水上。「清涼乾淨非常完美。看到了嗎？沒有妳討厭的漂球。」

「浮球。」福星說。她滿腹憂傷，還在生他的氣，然而……他說得沒錯。這裡很完美。爸爸脫掉上衣，露出瘦長的身體。女人總認為他很帥，像電影明星一樣；史蒂芬的媽媽也這麼認為，所以他才能如此輕易將她迷得七葷八素，騙走她的錢。

「這裡就是今天的教室，」她爸爸說，「妳絕對找不到更好的地方了，露西安娜。」他很少用這個名字叫她。

前一天晚上要睡覺的時候，他小聲嘟囔，她不確定是對她說還是對自己說。「少了那點錢，她根本不痛不癢。史蒂芬妮的爸爸很有錢，壽險也理賠了一大筆錢。」

但錢不是重點。爸爸假裝給了史蒂芬的媽媽一樣珍貴的東西：他假裝給她愛。福星知道，這個絕對會**痛**。

他指著攀岩的人。「很多名人曾經在這裡攀岩。」他說，從比冰河池塘還深的淵博冷知識中抽出一條。他知道很多稀奇古怪的事，總是讓福星感到不可思議。即使她傷心又氣憤，依然不由自主認真聽他說。

「以前這裡曾經冒出火，」爸爸說，「一位詩人描述這裡像『但丁的煉獄』，我忘記在哪裡讀到過。這裡的火溫度非常高，岩石受不了高溫而斷裂落進池塘裡。想像一下，那麼燙的岩石掉進水裡，發出滋滋聲響，冒出大量蒸氣。一大片火焰。」

福星抬頭看攀岩的人，想像幾百年前冒出的火，將眼前冰冷的岩石融成岩漿。

「現在呢，妳看看，」爸爸說，「一切風平浪靜，就好像大火不曾存在過。世界就是這樣，這一刻無比重視的東西，下一刻就毫無意義了。所有分散的東西最終都會重新凝聚。一切都會過去，這才是不變的道理。」

「說不定我們也可以，」福星說，「或許我們可以改變。史蒂芬的媽媽給了我們這麼多錢，難道不能用來繳頭期款買房，好好定下來？」

「或許吧，丫頭。」

靠近沙岸的池水很清澈，深處的顏色卻像黑板。池塘另一端的水面有如鏡子，從這裡可以看到一塊大岩石突出水面，有如一張高起的桌子。福星想要游過去坐在那塊岩石上，她可以像烏龜一樣躺在上面曬太陽，盡可能忘卻。

「準備好了嗎？」爸爸問。她點頭，跟著他跑下沙灘，經過一棵歪斜倒在沙上的枯樹，整顆樹都已經乾枯褪色了。她跳進水裡，水冷得恰到好處。她終於可以盡情游泳了，在薩加摩爾的那個星期，她一直覺得綁手綁腳。她游向那塊岩石，潛進水裡待到她再也憋不住氣，然後浮出水面大吸一口氣，又重新潛下去。終於游到岩石前面，剛才從遠方看來好像很容易爬上去，但其實相當陡。她堅定意志，努力爬到頂端，因為用力過度而手臂發抖。

爸爸已經在那裡等她了。他等到最後一刻才出手幫她爬上去。

「表現很好，福星，」他說，「辛苦了。我以妳為榮。」

「不要。」她說，突然又感到可恥。

她離開他，準備潛回水裡，游回岸上，但他不放手。

「對不起，」他說，「妳真的很想交朋友，但為了我們不得不放棄，我知道有多不容易。我希望世界不是這樣，但現實如此。我們處在不利的一方，所以必須趁**能撈的時候**盡量撈——即使有時候會覺得這樣不對。丫頭，現在我們真的可以安心一陣子了。有了麼多錢，我們可以去追逐夢想，暫時不必煩惱穿衣吃飯的小事。這全都是妳的犧牲換來的，所以我非常以妳為榮；不只是因為妳騙術傑出，而是因為妳做出痛苦的選擇。我愛妳，丫頭。」

她抬頭聽他說話，看到一個攀岩的人登上崖壁突出的部分。如果那個人低頭看池塘，他會看見什麼？只是一對普通的父女，如此而已。這兩個人可能很快就會游上岸，上車回到普通的家，過著普通的生活。

「我只有一個人，我已經盡力了。」爸爸說。

「噢，爸，我知道你盡力了，沒關係。」她轉向他。

「妳是我僅有的親人，妳知道吧？」

「你也是我僅有的親人，不要難過，對不起。」

他伸出手，他們擁抱。她盡可能不去想為什麼道歉的人是她，是非對錯的立場總是在不知不覺中轉變。

「福星，妳很強悍，什麼也打不倒妳。」

他說得沒錯：她很強悍。她不可能永遠處在不利的一方，等到狀況改變，她絕對會是全世界最幸運的人。

第3章

福星斜斜躺在特大床上，伸手摸索柔滑的床單尋找凱瑞溫暖的肌膚。她抬起下巴，拱起背。「早安，寶貝……」

沒有回應。

她睜開眼睛。床上只有她一個人。牆上的鏡子映出她的模樣：頭髮蓬亂糾結，昨夜的睫毛膏沿著臉流下。她看起來不像入住百樂宮飯店高級套房的客人，比較像剛從垃圾堆爬出來的人。她感到一陣暈眩，昨晚喝太多香檳了。

「凱瑞？」

寂靜無聲。

他們設定好鬧鐘，今天凌晨四點就要起床，這樣才來得及在五點抵達機場。她沒記錯吧？福星揉揉前額再揉揉眼睛。昨夜狂歡之後回到飯店，他們在大廳看到之前和凱瑞講話的那個人。

「他**到底**是誰？」福星口齒不清問。凱瑞好像說是他新交的朋友，對嗎？即使他真的那麼說，她也因為喝太多香檳頭腦不清，不會覺得奇怪。

她朦朧記得他在她耳邊低語：「妳先上樓，快去吧。除非是我回去，否則不要開門。把行李收拾好，然後稍微睡一下。我很快就回去，我發誓。」

她以為凱瑞回來會叫醒她，於是放心睡得很沉。

現在陽光從窗簾縫隙灑落。床頭櫃上的時鐘顯示十點二十三分。她應該在飛機上才對。他去哪裡了？

「**凱瑞**？」

她仔細聽有沒有洗澡的水聲——沒有。

說不定是班機延遲了。說不定他只是去買咖啡和早餐。她走進起居室。他的行李還在，和她的一起放在門口。她拿起手機撥打他的號碼，直接進入語音信箱。

她的胃再次翻騰。她衝進浴室，邊跑邊作嘔，幸好在吐出來之前勉強趕上。香檳裡面加了什麼？難道凱瑞……

不，他不會。凱瑞不是那種人，他不會那樣對她。她只是宿醉。

終於她從冰冷的大理石地板撐著身體站起來。她再打一次他的手機，但依然關機。她打開電視轉到新聞台，因為她想再次確認時間：十點四十五分了。

「……大衛‧佛古森與愛蕾娜‧凱登斯，」主播報出他們在愛達荷州使用的姓名，「詐取波伊西數十位銀髮族畢生積蓄並涉嫌洗錢，目前已遭到通緝。兩人假扮成會計與餐廳老闆，據信逃亡前已將大筆資產轉移到海外帳戶。許多人的退休金慘遭淘空，生活陷入困境——今日警方宣布這兩人可能與犯罪組織有關……」

她轉頭看，她的臉出現在電視上，凱瑞的臉也是。

兩人的照片下方有一排字幕：通緝中，涉嫌詐欺、挪用公款、勒索。

聽著新聞播報，她的內心越來越恐慌。新聞片段中，他們在波伊西的家外面停著幾輛新聞台的採訪車。她走到電視機前。這些人為什麼一直說銀髮族？胡說。他們下手的目標都是富豪，不是老年人。她和凱瑞說好了，從小爸爸教她要劫富濟貧——好啦，對，是有點羅賓漢的味道。那些富豪錢多到花不完，從他們身上拿一些又怎樣？螢幕上的主播完全說錯了，福星沒有做那些事——至少只做了一部分。而且她沒有勒索。

凱瑞，你做了什麼？

福星關掉電視。她走向保險箱察看裡面的東西。他沒有帶走護照，換言之，他準備了另一個假名、假身分，她永遠猜不出來是什麼。也就是說，他已經策劃好幾個月了，從一開始就不打算和她遠走高飛去多明尼加，一直打算丟下她獨自背負所有罪過。

「不！」

空蕩蕩的房間裡，她的聲音更顯苦澀、孤寂。她頹然坐在床上。多年來爸爸總是叫她要仔細觀察那些容易成為肥羊的人，他們很容易上當，只要給他們愛情、友誼，或者賺人熱淚的好故事，他們便會自願盲目上鉤，選擇相信。「丫頭，盲目信任維持世界運作，」爸爸說過，「機會上門的時候，妳一定要牢牢抓住，能撈多少是多少。」沒想到她也一樣笨。

看來凱瑞也聽過同樣的教導，她不該這麼驚訝。

福星，妳必須逃，不能在這裡坐以待斃。

她站起來走向行李箱，打開之後一陣亂翻，找出拉鍊化妝包：裡面裝著她的備用假證件、一盒染髮劑、一把剪刀。

昨天買的樂透彩券也在裡面，感覺好像上輩子的事了。她拿起彩券，心中冒出一個希望的小泡泡。萬一中了呢？

但那只是夢，什麼都無法讓她脫離這個絕境。她將彩券扔在地上，拿著染髮劑和剪刀進浴室，動手將醒目的紅色鬈髮剪短，強迫自己放空頭腦，以便填進新資料，她必須製造一個新身分，並且開始逃亡。

「邦妮．史金納。」她對著鏡子說。

這個名字是從《博奕行家》雜誌上看到的撰稿作家名字，昨天她和凱瑞入住時吧台上擺著許多雜誌，其中包括這一本。

「邦妮。」她重複，走出浴室找出那本雜誌確認內頁資料。發行商在鳳凰城，現在她來自那裡了。邦妮是自由撰稿作家，她的生活很平凡，家裡有兩個孩子，難得有機會來拉斯維加斯出差，體驗一下不同的生活，她覺得很刺激。

她將剪下來的頭髮放進枕頭套，把染髮劑塗在剩下的頭髮上。沖水之後變出棕色短鬈髮，中年婦女常見的那種髮型，完美。她在房間裡走動，將衣物塞進背包，然後收拾其他東西：鈔票、零錢、剛才扔在地上的彩券。她將這些全部放進皮夾，仔細搜尋房間確認還有沒有現金，鈔票或零錢都好。她將兩人的護照和她的手機放進裝頭髮的枕頭套裡之後綁好，拎起背包往門口走。

千萬別回頭。以前每次離開一個地方，爸爸都會這麼說。但她實在忍不住，她轉身看，慘不忍睹。幾條沾上染髮劑的毛巾、一個破掉的玻璃杯、地上有好幾個空酒瓶。她不禁同情負責打掃的房務，她得收拾亂七八糟的房間，還可能被警察叫去問話而少賺幾個小時的薪水。她從皮夾拿出幾張二十元鈔票放在枕頭上。

房門在她身後「砰」一聲關上，福星就此離去。

一九九二年十月
緬因州北部森林

爸爸半夜叫醒她。「起來剪頭髮。」

他拿著縫紉包裡的剪刀。他說過，那個縫紉包原本是媽媽的，外表有點破，表布織出紅白玫瑰圖案。

「什麼？」福星惺忪說，轉過頭不理他，將臉埋在有霉味的枕頭裡。他們住的是分租雅房，這棟破爛木屋位在北緬因森林邊緣。

「快點起來剪頭髮，」他一派平淡地說，「等一下我們就要走了，快點。」

她坐起來看著他，他身上有威士忌與雪茄的氣味。她的心迅速下沉。

「為什麼？我們不是要在這裡待上一段時間？」

「嗯，可是現在不行了。房租的匯款證明是我假造的，我總覺得快要被揭穿了。另外……今天晚上我出去玩二十一點，結果惹上不能惹的人。」

「**爸**。」

他可憐兮兮的表情太熟悉。「剩下的錢都輸光了，還欠了一點。」他說，她早就猜到是這樣了。「我們得趁他們上門討債之前快溜。」

「我不是叫你不要——」

「我也跟妳說過，這是萬不得已的選擇。我們的錢被偷了，我得想辦法贏回來一點。可惜我輸了。」

像他們這樣的人真的很倒楣。因為無法開戶，所以必須將現金帶在身上；帶著現金到處跑的時候，必須決定要帶出門還是放在房間。有時候難免會看走眼信任錯人，有時候也會被人看穿身分，然後錢就沒了。有時候單純只是運氣問題。他們以前也被偷過，但這次的損失最多，主要是因為他們從來沒擁有這麼多錢。

「我不想剪頭髮，我只想睡覺！」

「拜託，不要跟我鬧，」他說，「我也很不高興。」

她用力閉緊眼睛。「才怪咧，你又不必剪頭髮。」

「只是頭髮而已。」

如果是媽媽一定會懂，那不只是頭髮而已；如果是媽媽一定會懂，福星已經到了這個年紀，會多花一點時間照鏡子，看到其他女生的漂亮髮型，自己也會想試試看。

「別鬧了，妳還沒到青春期愛漂亮的年紀。」

她把被子扔在地上，怒目瞪他。「是嗎？你不是常常說我基本上已經是大人了？既然這樣，我想怎樣都可以！」

他嘆息，憂傷看著她，這讓她更生氣。「我們真的別無選擇，一定要回去。」

所謂的「回去」，意思是離開這個偏遠的邊境小鎮，回到比較容易弄到錢的大城市。每次他們都差一點就可以定下來。「等到了加拿大，我們就會過腳踏實地的生活。」他總是說這種話，但他根本不知道腳踏實地是什麼意思。

福星想尖叫也想大哭。最近她越來越常有這種感覺，這個世界毫無道理——**她的**世界毫無道理。沒有其他小孩過這種生活，她很清楚。她受夠了。

她知道很多忍住眼淚的妙招，她全都用上了，但沒用。一滴淚珠滑落她的左邊臉頰。她因為眼淚分心時，爸爸抓住一把長鬈髮鬈，**喀嚓**。落在地上的頭髮看起來像死老鼠。

她跳下床。「你怎麼可以這樣？」她怒吼，他瑟縮。

「小聲一點，真是的！我不是說過嗎？現在有麻煩。」

「我們永遠有麻煩！永遠、永遠、永遠！」

他聳肩，因為他無從辯解。他們永遠有麻煩，因為他們是**麻煩人物**。

這時她看向門口。她的手指和赤腳的腳趾都有一種麻麻的感覺，她腦中響起一個字：跑。木屋的後面就是森林，佔地廣大，森林地面長滿苔蘚，踩在腳下的感覺一定涼爽又清新。她可以吃莓果和樹皮存活，她可以躲在樹上，他永遠找不到她。

跑、跑、跑。她轉身打開門，爸爸還沒搞清楚她在做什麼，她已經衝出去了。她要靠自己達成目標，她要去加拿大。她不需要任何人，更不需要他。

第4章

福星走樓梯下去，整整二十層，接著從後門離開百樂宮。拉斯維加斯上午氣溫很高，她找到垃圾子母車，將裝著頭髮、手機、護照的枕頭套扔進去。剛才在房間的時候，她已經把SIM卡丟進馬桶沖掉了。

她戴上大型太陽眼鏡、背起背包，走上人行道，混進拉斯維加斯街頭的大批觀光客中。她鑽進一家店，瀏覽紀念T恤，選了一件印著歡迎光臨炫麗拉斯維加斯字樣的粉紅T恤，以及同色棒球帽。

「請問可以借用更衣室嗎？」

她關上門，扯掉桃紅腰包的標籤之後塞進背包。

接著她去了度安理德藥妝店，買了一條紅棕色的口紅、色號不對的粉底，和鼠灰色眼影。

她走進咖啡廳的洗手間，將化妝品一層層疊在臉上，塗了一點口紅在牙齒上。完工之後她重新走在街上，感覺身體緊繃、肌肉僵硬，整個人處在防備狀態。她忍不住疑神疑鬼，擔心隨時會有人喊出她的另一個名字，用力抓住她的肩膀，表明她遭到逮捕了。

終於她來到目的地：重回百樂宮。她穿過華麗的大門，轉向賭場的安檢口，吃角子老虎的聲音越來越響亮，空調溫度越來越低，完全甩開沙漠的炎熱。她尋覓昨晚打德州撲克的那個痘痘小子，一邊思考詐騙他的新策略。她感覺恐懼消失，換上期待的心情，有如香檳的氣泡在身體裡浮起，在胃裡凝聚。

她走向吧台，點了一杯健怡可樂加冰塊和青檸。

「萊姆酒、威士忌、伏特加都不要？」酒保問，揚起一條眉毛。

「不要，謝謝，」邦妮．史金納說，「我戒酒了。我只是很渴，沙漠實在太熱了，問題是汽水會讓我……」她拍拍肚子，一臉難受；酒保轉開視線。「所以我只能喝小杯的。」酒保開始擦酒杯，她對著台面偷笑。她成功了，現在她是那種沒人會多看一眼的婦女。

福星端著飲料漫步離開吧台，穿過吃角子老虎區，聽著不斷投錢和吐錢的聲音。她很清楚，賭場永遠會贏，但她的目標不是賭場。

她持續移動，噘嘴瞇眼觀察不同的機台，彷彿想判斷哪一台會中大獎，但最後她都不滿意。吃角子老虎不斷此起彼落發出**喀啷**聲響，宛如旋風。她走向鋪著綠布的賭桌：二十一點、輪盤、花旗骰、百家樂，最後是撲克；昨晚她就坐在這桌。她在最後一張桌子停下腳步。四周圍著欄杆，桌子在正中央，和其他桌隔開。她靠在欄杆上，四個男人在打牌，她接近時，其中一個人站起來，沮喪地搖頭離開。剩下的人當中有兩個埋頭研究自己的牌，彷彿生死交關；一個大約五六十歲，另一個比較年輕，油膩黑髮紮成馬尾。

剩下那個就是福星要找的人——前一天晚上的痘痘小子，依然穿著同樣的衣服。她原本以為要等一陣子他才會出現，但他已經在賭了，而且好像整夜沒睡。

他的坐姿像昨晚一樣輕鬆，雙手交疊放在牌上。他上身往前傾，說要加注，另外兩個人跟注；黑髮男子加注，中年人棄牌，痘痘小子微笑。這時他做了一個小動作，昨晚她也注意到了：他碰了一下掛在脖子上的圓形墜子。她想看清楚，可惜距離太遠，她無法分辨上面刻的圖案。

「全押。」他說。

接下來一個小時，玩家來來去去，痘痘小子每場都贏。福星靠在欄杆上，裝出非常激動的模樣。

終於痘痘小子看看手錶。「我的午睡時間到了。」他對荷官說，將幾個籌碼推過去當小費。福星數了一下：七個。

「謝謝您。」荷官說，將小費收到賭桌下面。

年輕人離開，福星追上，稍微隔著一段距離跟隨。一開始他似乎沒有注意到她，也可能只是懶得理她。「剛才**真的**很有意思，」她說，「你知道嗎？這是我人生的願望：在百樂宮和絕世高手玩幾場撲克。你……你**絕對**是高手。可惜我太緊張，不敢下場，我還在學，還在研究。」

現在他直直看著她，她在他的眼神中看出一絲孩子氣的自豪，而且他應該沒有認出她。非常好。

「你玩牌很多年了嗎？」

「有一陣子了。」他說。

「大概是從出生就在玩吧？」

他轉向出口。「呃，嗯，差不多是那樣，」他說，「總之，謝了，拜。」

他加快腳步離開，但她再次追上。「我是作家，」她說，「為《搏奕行家》雜誌撰稿。」

這句話讓他停下腳步。「哦？」

「我正在寫一篇文章介紹明日之星，像你這樣的人，為我國賭壇帶來振奮新氣象的年輕人。我希望能採訪你，請問貴姓？」

「吉布森，」他說，「傑瑞米。」

「沒錯，我正要說呢！我當然已經知道你是誰了，你很有名。真高興有機會看你大展身手。問題是，我今晚就要搭紅眼班機離開了，如果要趕上這期的專題，現在就必須進行訪問……」

「好，可以啊。」他把雙手從口袋拿出來，「沒問題。」

「太好了，去喝杯咖啡？」

「不了，去我的房間吧。賭完之後我有一套固定的習慣，一直嚴格遵守。」他轉向電梯，她跟上，找對肥羊的得意心情宛如水流載著她前進。打從昨天第一次看到他，她就知道這個人很好騙。他想要的不是錢，不只是錢；他想要崇拜，想要大家知道他能做別人做不到的事。他沒有察覺其實像他這樣的人非常多。

進入套房後，她驚呼：「哇。」這裡是七樓的七一七號房，房型和她昨晚住的那間一模一樣，但她依然說：「**哇**、**哇**，**嚇死人**。」

靠近門口的書桌上放著印有飯店標誌的筆記本和筆，她拿起來。「好，從頭開始吧。家裡出了個撲克明星，你的家人有什麼想法？」

但他沒有聽她說話。他打開電視，頻道是CNN有線電視新聞網。畫面重播希拉蕊．柯林頓站在舞台上，高舉雙手慶祝肯塔基州初選獲勝。「她永遠不可能當總統，」傑瑞米說，「國家正處在金融危機當中，誰會想要女人當總統？女人哪懂錢？」

「呃，現在已經是二〇〇八年了，這個時代的女人——」

他壓過她的聲音。「還有那個，曼哈頓的那個女檢察長，每天都上電視。媒體愛死她了，憑什麼？只因為她是女的？」福星看了一眼被他詆毀的女人，一頭紅髮，神情嚴肅。她感覺有點眼熟，福星之前一定在電視上看過她。傑瑞米說個不停，她得集中精神。「剛才妳問我什麼？我爸媽？他們討厭我做的事，他們不懂。我爸堅持要我回紐約準備接手家族事業，但那不是我要的人生，妳知道吧？」

她吞嚥一下，露出甜滋滋的笑容。「我爸媽希望我當護士，但我從小就想寫作，於是我勇敢追夢。你想要與眾不同的人生，我懂。因為你**本身**便與眾不同。當你坐在撲克牌桌前，感覺就像魔法一樣。我看到了。**所有人**都看到了。」

「嗯。」傑瑞米不斷點頭，同意她編出來的每句話。他走向吧台，手一路從台面上滑過去。「妳要喝什麼？雞尾酒？還是別的？」

「你喝就好。」

他打開吧台冰箱拿出一罐可樂，打開瓶蓋之後一口灌下半罐。接著他伸長一隻手臂，彷彿國王展示他的領土。「妳運氣夠好才會遇到我。」他將可樂罐放在吧台上。新聞開始播報百萬大樂透已經開獎，但中獎人尚未出面領取彩金，他突然把電視關掉。「這絕對會是你們雜誌刊登過最精彩的一篇報導。對了，妳一定要去參觀一下浴室，來吧。」他帶頭走進去，依然不停大聲說話，浴室的大理石牆面產生回音，這間浴室肯定和她昨晚房間裡的一模一樣。她跟在他身後，途中經過吧台，他掏出口袋裡的東西放在台面上。幾張鈔票、零錢、沒兌現的撲克籌碼——還有他的房卡。她以行雲流水的動作掉包，換成自己的房卡，跟著他走進浴室。

「太神奇了，」她說，「不可思議。哇！光是這間浴室就比我的房間還大！我從來沒看過這樣的浴室。」他們站在浴室中央，倒影映在幾十面鏡子中，無盡延伸的邦妮・史金納與傑瑞米・吉布森。

「妳感覺有點眼熟。」傑瑞米沒頭沒腦地說。他也在看鏡中的無數倒影，但她保持微笑。因為太用力撐著笑容，臉頰生疼，但她繼續下去。「妳的眼睛……」他說。她好希望剛才能找到賣角膜變色隱形眼鏡的地方，她碧綠色的眼睛太好認，等下離開之後她馬上就去買。

「噢，常常有人這樣說，」她說，「我長了張大眾臉。」

「嗯，大概吧。」他說，漫步走出浴室。她繼續站在原處看著自己的大量倒影，希望心跳能恢復正常。

她隨後出去，筆和筆記本準備就緒。「多說一點，」她要求，「太有意思了，我可以聽你的人生故事一整天。剛才你提到玩牌之後有一套固定的儀式，詳細介紹一下好嗎？為了確保牌桌上出色的成績，有哪些不可或缺的習慣？」

傑瑞米坐在沙發上蹺起腳。「很好的問題。」他說。

她在對面坐下，動筆寫下他的回答。

接下來兩三個小時，他滔滔不絕講自己的事，「邦妮」認真記錄。在筆記本上，她逐漸描繪出這個人，就像畫素描一樣。他很迷信，每次上牌桌一定要配戴聖嘉耶當聖牌。他告訴她，嘉耶當是好運的守護聖人，也是運氣最好的聖人。此外，他的瞻禮日(註)是八月七日。「我相信七是幸運數字的說法，我知道這樣很老套，但對我而言真的有用。妳看，我每次都住飯店都要求七樓的房間，房號至少要有一個七。當然啦，我在這裡花了

譯註：瞻禮日（Feast day），天主教整理教會年曆的傳統方法。把每一天與一個或多個聖人聯繫起來，稱呼這天為聖人的瞻禮日。

很多錢，他們當然願意配合。我想要怎樣都可以。」

終於他打個呵欠揉揉眼睛，雙眼無神泛紅。「我真的需要睡一下，」他說，「白天我固定會睡上幾個小時，然後再回牌桌。」

「一般你會睡多久？整個下午？到晚上？還是……？」

「沒有，不用那麼久，我頂多只需要一兩個小時，我睡得很沉。起床之後喝一罐紅牛，這樣就可以開賭了。」

「反正我也該回房間收拾行李準備回家了，非常感謝你撥冗接受採訪。這篇訪問會刊在下個月的雜誌上，出刊之後我會寄幾本來這裡，請飯店轉交。」

她出去之後沒有進電梯，而是躲進走廊盡頭放製冰機的小房間等候。二十五分鐘後，她回到他的房間。她準備好了一套說詞，以防萬一他醒來：她不小心拿錯鑰匙，她想拿來還，但又不想打擾天才休息，才自行進來。

她聽見他在臥房裡打呼。他之前掏出來的鈔票和籌碼依然隨便亂放在吧台上。她拿了一些，但小心不拿太多。她不希望他察覺異狀。接著她走進臥房打開衣櫥。他發出一下響亮的鼾聲，呼吸又變得安靜平穩。保險箱需要輸入四位數密碼，她第一次就猜對了：四個七。傑瑞米很容易看透。

保險箱裡至少有兩萬元現金。她可以全部拿走，但他會報警描述她的樣貌。她不需要更多麻煩，於是她只拿了一千。他或許會發現，但她認為不會。

她重新回到起居室，將房卡換回來之後離開，關門時幾乎沒有發出聲響。

一九九二年十月
緬因州北部森林

福星全速奔跑，衝下樓梯、跑出木屋大門。她穿過前院、跳過籬笆，闖進後面的森林。木屋雅房有股洋蔥和豬油的怪味，森林的氣味則是苔蘚和松樹。她用力吸氣，吸進所有氣味。快跑、快跑。她沒有停，甚至當赤腳被森林地面劃傷時也沒有停，她的胸口感覺快爆炸了。她不停奔跑，直到跑不動。

她跪倒在地，趴跪看著滿地的苔蘚、樹枝、石頭、松針，抬頭望向四周參天大樹的頂端。前面不遠處有個樹墩，她爬過去坐在上面。她的心跳慢慢恢復正常，其他聲音偷偷爬進耳朵：旁邊的蟋蟀**唧唧唧**、一隻貓頭鷹**呼呼呼**。風吹過樹梢，樹叢間傳來一陣窸窣的聲響，她提高警覺轉身，但跑出來的動物只是一隻田鼠，迷惑地看她一下之後又躲回灌木叢。她放鬆，手肘放在膝蓋上、下巴墊在手掌上。

「接下來該怎麼辦，福星？」她自言自語。

天氣很冷。她的腳先是因為在森林奔跑而疼痛，現在又因為秋夜低溫而疼痛，她身上只穿著一件睡衣。剛才她到底在想什麼？老實說，她根本沒有思考。她舉起一隻手摸摸頭髮，她不惜和爸爸大鬧也要捍衛的頭髮。恐慌開始在胃部與胸口擾動。應該循原路回去嗎？她到底是從哪條路來的？印象中她轉過幾次彎、繞過幾個地方，想盡辦法甩掉爸爸。現在她成功了，但她是否在過程中迷路了？

她閉上雙眼，幾秒後又睜開。她前面有東西，剛才從灌木叢中潛行出來。

福星倒抽一口氣。

貓科動物，很大。牠壓低身體發出低沉嘶聲。她想尖叫逃跑，但她沒有那麼做，而是平視著大貓，強迫自己用眼神壓制牠。她搜尋腦海想辦法，記起有一次和爸爸在落磯山脈附近露營的往事。那天早上，他們將垃圾拿去集中處，發現那裡有幾隻熊，巨大的棕熊在垃圾坑裡覓食。福星非常害怕，但爸爸說不用擔心，只要張開雙手，盡可能讓自己顯得巨大，熊就不會傷害他們，接著只要慢慢後退離開就好。

福星雙腿發抖，但她依然在樹墩上站起來，將小小的身體盡可能挺直拉長。「聽我說，」她對那隻猞猁說；那確實是猞猁沒錯，只是她不知道。「我是**大壞蛋**。要是你吃了我，你會立刻死掉。你知道我是什麼人嗎？我可是堂堂的露西安娜・阿姆斯壯，有沒有看到我的頭髮？」她舉起一束紅髮，「紅頭髮的人會毒死所有動物，尤其是貓科動物。」

猞猁沒有動。

福星從樹墩跳下來，慢慢後退，繼續用最堅定、自信的語氣遊說：「你……你自己當心點，好嗎？」猞猁繼續注視她片刻，旋即轉身消失在樹叢中。她持續後退，不敢轉身，這時撞上一個溫暖會動的東西，忍不住尖叫。

「是我，妳爸！福星，感謝老天！我拚了命跑，但到處都找不到妳。」

她從來沒聽過爸爸這麼害怕的語氣。剛才她還對他大發脾氣，但現在她將臉貼在他的胸口，嗅著他身上熟悉的氣味：他喜歡抽的香草菸、略帶辛辣的鬍後水、分租雅房的洋蔥味，最後是他自己的氣味，熟悉的氣味，屬於她唯一見過的親人。她保持這樣的姿勢，頭靠在他胸前，許久之後才抬頭看他。她怎麼會相信自己一個人也沒問題？

「剛才有野獸跑出來，」她說，現在聲音開始哽咽了，「很大、很可怕的貓科動物。」

「我知道，丫頭，我看到妳站在樹墩上狠狠訓斥那隻猞猁。後來……唉，妳也看到了！大貓跑走了。妳知道為什麼嗎？」

福星依然滿腦子恐慌，想不出答案。

「因為就像我常說的一樣。妳很好運，但不只這樣而已。妳完全不像其他小孩，不像其他人。妳擁有獨特的力量，妳很神奇。妳知道吧？」爸爸蹲下，將她背起來，「福星，什麼都無法傷害我們！只要我們在一起就沒問題。妳懂吧？我們必須在一起。」

森林盡頭進入視線範圍時，她鬆了一口氣，樹木漸漸變稀疏。他們回到她跑進森林的那條小徑上，分租木屋就在附近。

爸爸在後院籬笆外將她放下，門開著，在夜風中微微搖晃。「我們必須在一起，妳懂嗎？雖然妳很特別，不代表現在就可以靠自己活下去，妳還有很多東西要學。」

「我懂了，爸爸。」

「更何況，我們只有彼此，妳和我。全天下妳能信任的人只有我。」他走在她前面，穿過籬笆門、進入木屋。她奔跑跟上，以免被獨自留在外面。

進到屋內後，他說：「把腳上的泥土洗乾淨，讓身體暖起來，我來弄點東西吃。」

後來，她從浴室出來，濕髮梳開垂在背後。她拿起放在桌上的剪刀，親自剪掉頭髮。

第5章

觀光巴士在內華達沙漠高速公路上前進，福星低聲哼歌，看著窗外。她最近讀到一篇文章說唱歌和哼歌有助於減輕焦慮，但她哼了這麼久，一點用也沒有。

她將太陽眼鏡往上推，揉揉眼睛。她整夜沒睡，在拉斯維加斯大道上走來走去，累到視線模糊。她去了一家網咖，試了幾次想登入她和凱瑞開的境外帳戶。但帳戶消失了，她無法取得那筆錢。她買的時段結束了，她離開網咖，在拉斯維加斯大道上走來走去等天亮，觀光巴士天一亮就出發，她打算去大峽谷。福星完全沒心情坐巴士觀光，但她依然假扮成邦妮·史金納。邦妮一定會滿心歡喜，等不及要參觀世界奇景。

一個男人在她旁邊靠走道的位子坐下。上車的時候她看到過他。中年，不起眼的長相，穿T恤配短褲。她覺得他有點眼熟，但他從她的座位旁走過，往巴士後面去了，現在他卻出現在這裡。為什麼他要換位子坐在她旁邊？她告訴自己，並不是每個人都有威脅，說不定只是坐在他旁邊的人太愛瞎聊，也可能坐在後面他會暈車。她不停暗中偷瞄他，動作很小，希望他不會察覺。棕髮、棕眼、有婚戒。她一定看過他，她確定。哪裡呢？賭場？她買東西的店裡？還是他的長相太大眾，所有人都覺得他眼熟？

那個人抓到她偷描，她露出緊張的笑容。他沒有回應。她又開始哼歌，雙手交疊護住腰包。

「你不覺得很激動嗎？」她對他說，說不定如果她太多話，他會再次換座位，「我們要去看大峽谷耶！絕對是今生不容錯過的景點。」

「嗯，很激動。」那個人說。

「可以讓我出去嗎？我想去洗手間。」他沒有站起來讓她過，甚至沒有縮起腿，她不得不硬擠出去，磨蹭到他的腿。快跑、快跑。但她無處可逃。

在小小的洗手間裡，她確認是否需要補妝。不需要，她不用化妝氣色就夠差了，眼睛疲憊發紅。她的視線離開鏡子，打開腰包，將裡面的鈔票拿出來清點，接著分批藏進胸罩、口袋，最後還塞了幾張在鞋子裡。沒過多久，她的皮夾裡只剩下樂透彩券。她拿出彩券，低頭看了一眼，好奇什麼時候開獎，再放回皮夾裡。她重新將腰包扣在腰上，走出洗手間。

巴士正在減速。一轉彎，遠處已經可以看見大峽谷了。

沒過多久，她和同車的乘客一起下車；那個莫名熟悉的男子走在前面，很快她就看不見他了，她鬆了一口氣。沒有危機，不需要擔心，他只是普通人。她緩緩獨自走在最後面，假裝在整理東西。接著，趁沒有人注意的時候——其實從頭到尾都沒有人注意她——她轉身往反方向走。

她沿著路肩走了半英里，只看到幾輛卡車經過。她朝著路標上土薩楊鎮的方向走去。氣溫非常高，她帶的水有限，必須省著喝，但最後她決定停下來休息一下，喝一大口水。如果不用一直想著她好渴，說不定能走比較快。她取下背包，彎腰尋找上車前買的大水壺。

才剛舉起水壺就唇，有人從後面打她。水壺從手中飛出，落在面前的地上，裡面的水全都流光了。一隻手像鐵鉗一樣抓住她的手臂。

冰冷金屬抵著她的頸子。彈簧刀。是巴士上那個男的，她注視他的雙眼，瞬間想起之前真的見過他——而且是兩次。前天晚上，他和她同桌玩牌；昨天她為了摸透痘痘小子而旁觀的那場牌局也有他。

他一手拿刀，另一手扯下她的腰包。「嗨，又見面了。」

「嗨。」她彬彬有禮地說，盡可能保持邦妮．史金納的觀光客假象。「拜託放開我，你弄得我很痛。」

他發出難聽的笑聲。「不用演了，」他說，「我知道妳是誰。」

福星注意到遠處有一輛卡車高速朝他們駛來。

「**是妳**，對吧？沒錯，嗯。那雙眼睛令人難忘，那對奶子也一樣，就連寬鬆T恤也藏不住。」她想起前天晚上玩牌時，他不停色瞇瞇看著她。那時候她雖然覺得討厭，但沒有感到危險。通常她不會低估這樣的人。「昨天我看到妳在撲克牌桌旁流連，我總覺得不對勁。我驚覺妳就是那個唬了我們所有人的臭娘們。詐欺同行最能看破對方的手腳，對吧？**後來**我想到在電視上看過一模一樣的臉。」他將刀沿著她脖子慢慢移動，在每個雀斑上停留，緩慢但危險。「看過一次的臉我就不會忘記，」他說，「這是我的天賦。」他的刀碰到她的項鍊。他拉扯一下。「這是什麼？」他摸摸金十字架。

「裝飾品而已。」他再次拉扯，但鍊子沒斷。他把腰包裡的東西倒出來，樂透彩券被風吹走，她本能地用腳踩住。

「在哪裡？妳從小鬼那裡偷的錢？電視說妳偷了一堆老傢伙的錢，在哪裡？」他把背包裡的東西也倒出來。「妳藏在哪裡？快說。」他拽著她走向路邊的圍欄，她被迫跌跌撞撞往前走，舉起那隻腳。樂透彩券飛進灌木叢。他拽著她走到一排樹後面，她看不到彩券了，也看不到公路。

她思考現在有什麼選擇。她可以用膝蓋頂他腿間，然後拔腿狂奔，希望能在那輛卡車經過時趕到路邊。但萬一時間沒抓好呢？萬一駕駛不肯停車？萬一駕駛也認出她，然後打電話報警？萬一她力道不夠大，反而被他刺一刀？變數太多了。

她浪費太多時間了，她聽見卡車經過的聲音。那個人手中的刀用力抵著她的頸子，弄得她很痛。「妳可以等吃盡苦頭再說，」他說，距離非常近，她可以聞到他油膩頭髮的臭味和口臭。「也可以現在就說。」他拉扯她的T恤，領子裂開。「我知道妳有很多錢，不只這些。」

福星舉起一隻手，掌心朝外擋在身前，做出毫無用處的防禦。「好、好，先等一下。我拿給你，我拿錢給你。」她掏出胸罩裡的錢，他的視線黏得太緊。她先從胸罩拿出一把現金，又從幾個口袋掏出更多錢。她全部交給他，他放下刀數錢。

數完之後他說：「狗屁，應該還有吧？」

「我從小鬼那裡只拿了我需要的錢，我花了一些買車票和——」

「**狗屁**。這樣吧，脫衣服，全脫光。快脫，讓我看看妳藏了什麼。」

福星從小就知道，有些事非做不可，例如吃藥、從高台上跳進深水中，從所愛的人身上偷竊。

但現在這件事不是。

她抬頭挺胸站直，比那個人高出一吋。她來回打量他。他只是小角色，根本不算個咖。「錢已經全部給你了，」福星說，語氣嚴肅霸氣，「我所有的錢，全部。一天能賺這些已經很不錯了。不過呢，我還能給你更多——」

「噢，可不是？我敢說——」

「你必須承諾放我走，然後我才會給你。」

「什麼？」

「我會教你怎麼交好運，讓錢自動進到**你**手裡。教你改變人生，讓你以後再也不必做這種小家子氣的事，在路邊拿廉價刀子挾持女人。」

「去妳媽的——」

「你想出人頭地，對吧？你想成為能入住百樂宮高級套房的貴賓，你想成為人人敬重的那種人。對吧？美女為你癡迷，口袋裡有大把鈔票，銀行裡有更多……」

他沒有說話，但聽著聽著，他的手放下了。現在刀子不再指著她，她更有信心能掌控全局。「只要你答應放我走，」她說，「我就把一身本事全教你。」

他清清嗓子，瞇眼看她。

「以後你不可能再遇到像我這樣的人了，」福星說，「我獨一無二。」

「好吧，我答應。」他的聲音變得沙啞。

她深吸一口氣，但空氣太熱太乾，卡在她的肺裡。「如果你想要像我一樣在詐騙這一行混出名堂，就必須相信自己的直覺。你必須搞清楚自己的直覺在說什麼，然後照著做。第二則是要相信，全心全意相信你一定能得到想要的結果。你想要成為怎樣的人，就必須有相應的談吐、打扮，假裝你已經是那個人了。」她把手垂在身側，與那個人手中的刀平行。「走向賭桌的時候呢……」現在他不停點頭，她每說一句話他就點頭，等待她賞賜智慧的渣滓，希望能就此改變他的人生。她抓住刀，硬是搶奪過來，刀鋒割傷她的手掌，她舉起刀，距離他的眼睛只有一吋。

「**永遠、永遠不要低估任何人**。更不要低估我。」

她後退，刀依然指著他，身體依然在發抖。「往那邊走。」她指著公路說。她考慮要不要叫他把搶走的錢還來——她非常需要錢，但她希望他快點離開。假使她惹毛他，搞不好他會企圖把刀搶回去。她不確定是否能搶贏，她必須結束這個局面，而且要快。

「往那邊走，我就不殺你。」

「可惡的賤貨。」他罵，但沒有逼近。

「我不是賤貨。遇到我算你走運，爛人。快走吧，我永遠不想再看到你，懂了嗎？」她強勢地說，「快走吧，那個方向。」她跟隨他到公路上，指著回大峽谷的方向，手中依然握著刀。他對她咆哮一聲，感覺很像野獸，但他轉身開始走。

她感覺到血從掌心滴下，落在公路邊的塵土中。汗水從她的背脊與雙腿滴落。那個人終於成為地平線上的一個點，她轉身回到圍欄旁，從地上撿起背包和水壺。她將裡面最後一點水倒在舌頭上，開始發抖。

她舉起一隻手摸摸項鍊和十字架，顫抖停止。總是在這樣的時候，不幸又孤獨的時刻，她最想要媽媽，那個她遍尋不著的人。

福星彎腰拿出藏在鞋子裡的幾張鈔票。附近有張黃色紙片晃動，抓住她的視線。福星往前走，彎腰，撿起卡在樹枝上的樂透彩券。

她將彩券揉成一團。現在她不願想起爸爸，他在監獄裡，同樣無法幫她。想他只會讓她更孤獨。她很清楚，手中這張紙片毫無價值，但她還是塞進口袋裡，依然在瞬間感受到希望的喜悅，這樣便足以支撐她繼續前行。

一九九三年三月

密西根州，諾維市

「生日快樂，ㄚ頭，」爸爸說，「今年是妳的幸運年。妳滿十一歲了，十一是幸運數字，這絕對會是妳最好的一年。」

他遞給她一個小盒子，旋即打個噴嚏。那個星期他剛好感冒了。她打開盒子，裡面是一對秀氣的耳環，玫瑰金鑲閃耀鑽石。福星注視著禮物，爸爸說：「那是真正的碎鑽。」

「很漂亮，」福星說，「可是……我沒有穿耳洞。」

「噢，對喔。」他擤一下鼻子，「珠寶店裡我能摸出來的只有這個了。」

她感覺得出來她害他傷心了。

「唉，看來我最好快點出去多賺一點錢，這樣才負擔得起某人的生日蛋糕和生日大餐。」他說，站起來準備出門。

福星感覺胃凝結。「對不起，」她說，「我不是不喜歡這對耳環，只是或許……」她沒有說完，因為她想要的東西輕輕鬆鬆就能自己得到——CD隨身聽、在購物中心看到其他孩子穿的名牌T恤。她真正渴望的其實是能夠**成為**普通小孩，但這個夢想一天比一天遙遠。他們在諾維市租了這棟房子，一樓的窗戶沒有窗簾，晨光照進來。她仔細觀察爸爸的表情，接著她闔上耳環的盒蓋。

「爸，不然今天你不要出去，我一個人去工作。」

「啊，不行，我去就好。」

「我認為我準備好了。大家不見得每次都相信**你**，但我是小孩。」

現在他點頭了，以全新的方式看她。「大家都想相信小孩。好吧，壽星，妳上吧。」

她決定用碰瓷這招。她和爸爸一起合作過幾次，但從來沒有獨自一人執行過。她從廚房拿了一個玻璃杯，放進厚塑膠袋裡，在洗碗槽中用榔頭敲破。爸爸坐在沙發上看報紙，聽見玻璃破碎的聲音抬起頭，但沒有說話。

她找來一個鞋盒，將碎玻璃倒進去，再用牛皮紙包起來。她用粉紅色筆寫上給媽媽，再加上一顆愛心、一朵花，決定這樣就夠了。

「爸，我出門嘍，」她在大門口說，「我要去購物中心。」

「好乖，」他回答，「祝妳一切順利。」

她走出去，萬分慎重抱著手中的盒子，彷彿裡面裝著法貝熱彩蛋（註）或名貴珠寶。她腦中響起爸爸常說的話：必須自己先相信，否則不會成功。她相信，她真的相信。

到了購物中心，她沒有進去，只是站在停車場的人行道邊緣。購物的人從她身邊經過，她仔細觀察每個人，端詳他們的臉。不行。不行。她也不行。他不適合。啊哈，嗯，就是她了。

她離開人行道邊緣往前走，一名婦女匆匆忙忙迎面走來，鬧情緒的青春期女兒隔幾步跟在後面。其實先吸引福星注意的是女兒，這個媽媽一定很懷念以前女兒會畫圖送她、小心包裝要送她的禮物，盡心盡力想贏得媽媽的讚賞，但那些都已成往事……

福星一瞬間就看穿了這一切，知道自己有多厲害，她感覺飄飄然。那個媽媽回頭看女兒，叫她**走快點**，少女翻個白眼，走得更慢了。福星不喜歡那個女兒，因為她不知道自己有多好命。真不公平。

福星就位。婦女撞上福星，福星倒地。她的屁股一定會瘀血，但這個代價很值得，這也是爸爸教她的道理。

包裹掉在水泥地上，裡面的玻璃發出碎裂聲響。

那個女人轉過身，看到福星倒在購物中心前面的人行道上。「噢，老天，真是對不起，」她驚呼，「妳沒事吧？」她彎腰扶福星起來。但福星不肯動，腦中想著最悲傷的事：媽媽葛蘿莉雅拋下她，在她的生命中缺席。那個少女太不懂事。她的眼睛漲滿淚水，苦澀、憤怒、傷心欲絕。福星坐起來，雙手抱頭，坐在水泥地上不斷前後搖晃。

「我媽媽，」她啜泣，「那是要送她的生日禮物。我存了好幾個月的錢，全都用來買這個了。我原本想給媽媽一個驚喜，她生病了，噢、噢、噢，怎麼辦？」再一次哽咽啜泣。她緩緩爬起來，跪在地上伸長手撿起幾英尺外的盒子。「妳聽，」她搖了搖，「破了，全碎了！」

那名婦女陷入絕望。她看看福星又看看女兒再回頭看福星。她女兒只是翻個白眼，低聲抱怨媽媽太笨手笨腳，實在很丟臉，這番話讓福星哭得更大聲。

「不哭、不哭。」婦女邊說邊從皮包拿出一包面紙，抽出一張給福星。

「謝謝。」福星說，用面紙擦臉。那個媽媽看了看福星手中的盒子，注意到上面畫的愛心、花朵，以及給媽媽的字樣。

譯註：法貝熱彩蛋（Faberge Egg），俄國著名珠寶首飾工匠法貝熱（一八四六～一九二〇）所製作的蛋型工藝品，一共製作了六十九顆，以貴金屬鑲寶石裝飾，曾在拍賣會上開出九百六十萬美金的天價。

「裡面是什麼呢？」她柔聲問，鬧情緒的女兒雙手抱胸站在幾步外。

「媽，」少女說，「一個小時之後美食街會合好嗎？」她沒有等媽媽回答直接離開。

「禮物是什麼？」那個婦女再次問福星。

「皇、皇家道、道爾頓的瓷、瓷偶。黛安娜王妃那一款，我媽媽很、很迷她。我花了一整年才存到錢。噢，糟了。噢，糟了糟了糟了。」

「妳在這裡買的嗎？這家購物中心？」

「不、不是，我只是來買卡片。瓷偶是在市中心一家古董專門店買的，老闆說這款很難找。」再一次啜泣，「我不敢相信。我的運氣怎麼這麼差？真是太糟了，我只是想讓媽媽開心。」

「那個瓷偶多少錢？」她問。

「一百四十五元。」福星的心臟彷彿在耳朵裡跳，「我該、該回家了，媽媽在等我。」

「跟我來，」那名婦女說，「沒事了。」福星跟著婦女走進購物中心大門，到了提款機前面，她領出一百六十元，全部給了福星。「稍微多一點，」她說，「妳可以用來買張漂亮的卡片，也可以買點愛吃的東西。妳真的好乖，妳媽媽一定非常、非常以妳為榮。」

福星知道那個婦女心裡想著她鬧情緒的女兒，悼念回不去的過往；黏答答的擁抱與親吻，無條件的愛。有媽媽是多幸運的事，怎麼會有人不愛媽媽？

「謝謝。」福星將錢收進口袋，轉身快步離去，希望那名婦女會以為她只是等不及想回家找媽媽。

離開購物中心之後，剛才在身體裡騷動的汽水泡泡瞬間消失。鈔票安全放在她的口袋裡，但福星心裡很不舒服。自從在薩加摩爾酒店騙了史蒂芬母女，福星就開始懷疑，說不定每個肥羊都會在她身上留下痕跡——但她不希望這樣。今天證實了她的想法。她騙了那名婦女，那個人沒有做錯什麼，不該有這種遭遇；她也不該受到女兒的惡劣對待，這些事都不該發生在她身上。

福星回到家的時候哭了，真實無虛的眼淚，從內心那個黑暗孤獨的地方湧出，那個地方好像每天都在變大。

她進門時，爸爸從沙發上跳起來。「福星，我的天，怎麼這麼久？發生什麼事了？」

她把錢交給他。「我成功了。」她說。她爬上沙發，用破洞的毯子裹住身體。她繼續哭個不停，爸爸站在一旁，困惑又無助。

等到終於能說話時，她問：「我媽媽在哪裡？可以去找她嗎？真的努力去找，不只是說說而已。」

爸爸注視她許久，接著在她身邊坐下。「妳想要媽媽。」他說，她點頭。「妳不想過這樣的日子，妳想要不同的生活，更……傳統的狀態。這才是妳真正想要的，對吧？」

她抹抹鼻子，再次點頭。

「妳還在因為那個朋友的事難過，那個女生，史蒂芬和她媽媽達拉。妳希望我們沒有騙她們。」爸爸用解讀肥羊的方式分析她，她該覺得不舒服嗎？或許吧。但她沒有那種感覺，她只覺得鬆了一口氣，不需要自己開口解釋這些。

他沉默片刻，仔細觀察她。他是不是從她身上看出別的東西？連她自己都不知道的東西？「去收拾東西，」他簡單地說，「全部打包。」

「為什麼？我們要去哪裡？」

「華盛頓州貝爾維尤市，我們去找史蒂芬和達拉。妳說得沒錯，今天是妳的生日，我要給妳一份大禮，妳真正想要的東西。」

「可是她們不會想看到我們，」福星說，「我們騙了她們的錢。」

「她們不知道那是詐騙。相信我，看到我們她們一定會很開心。我早該想到才對。」

第6章

福星在土薩楊的二十四小時餐館裡，坐在角落的位子上，慢慢喝著一再續杯的咖啡。從大峽谷一路步行來到這個小鎮，她的腳還在痛，她走了整整兩個小時。手掌被刀割傷的地方依然陣陣刺痛，但至少止血了。

餐館髒兮兮的窗戶外面，正值魔幻的黃金時刻。就連街道上的塵土也變得神奇。但福星知道那只是平凡的沙漠塵土；她走了那麼久，身體和衣服全都蒙上一層那玩意。

「還需要咖啡嗎？」服務生站在福星的桌邊，一手撐著過瘦的髖部，另一手拿著咖啡壺。她沒有看福星，視線鎖定餐館櫃台後的一排電視機。每一台都轉到不同的新聞頻道。那個女人又出現了，福星在拉斯維加斯傑瑞米的房間電視上看到的那個曼哈頓地區檢察長。福星很想站起來，靠過去仔細看那個檢察長，她有種莫名的熟悉感，很像一個她認識的人，但她想不起來是誰。她和凱瑞的臉出現在螢幕上，下方的字幕寫著：鴛鴦

大盜依然在逃。她急忙移開視線不看電視，表現出若無其事的模樣。

「好，麻煩妳，我還要一份全天供應的早餐，煎蛋半熟，全麥吐司。」

「沒問題。」服務生倒咖啡，眼睛依然黏在電視上。她離開之後，福星低頭看桌面，希望手上有本書，什麼都好，只要能讓她的雙手和頭腦有事做。鄰桌女客說話的聲音打斷了福星的思緒。

「有對年輕情侶詐騙了很多老人的錢，你有沒有聽說這件事？這個世界真是太糟糕了，現在的年輕人只想不勞而獲，根本不願意辛苦工作。」

福星蹙眉。*很多老人*。太誇大了，他們沒有鎖定老人。對啦，沒錯，她的客戶中確實有幾個比較年長。她在心裡一一思考。哈利和菲依．奧波特，他們八十多歲了；還有年長的鰥夫伯特．馬丁森……沒錯，現在回想起來，當時她一點也不在乎，現在她不禁感到內疚、可恥。不過其他客戶大多都是年輕又有錢的人，他們的財富遠超過他們所需，遠超過**任何人**所需。失去這點錢對那些人而言根本是九牛一毛。

現在換另一個人說話。「妳有沒有聽說？有一位老先生原本要動心臟手術，但現在沒辦法負擔手術費只能放棄？他的錢**全部**被騙光了。現在大家正在募款幫他解決困境。真可憐，我打算捐錢。」

福星咬著下唇，再次往那排電視看去，她的臉已經消失了。心臟手術？哪個客戶生病？他的錢全被騙光了？他們真的全部拿走了？她從來沒有這麼想過，從來沒有企圖淘空任何人。她的客戶必須有一定水準的收入與資產，那種家族財產源源不絕的人；無論發生什麼事，他們都不會有問題，不是嗎？

「希望能快點抓到他們。」

福星無話可說。她的煎蛋來了，她用叉子撥弄蛋黃，羞恥與憤慨堵在胃裡，她什麼都吃不下。

剛才說話的女客又開口了。

「喂，妳看億萬大樂透的頭獎中獎了耶，三億九千萬，哇塞。」

「哪裡？亞利桑那？」

「不是，愛達荷。」

確實，福星看到兩台電視的畫面都顯示一間加油站的便利商店，一個男人拿著一張道具大支票。她瞇眼看螢幕，便利商店全都一個樣，但她還是繼續看下去，心跳加速。那家店是不是有點眼熟？是不是她在愛達荷去過的那家？她買樂透的那家？這就是最美好的部分。這個，就是這個，這就是詐欺的真諦：希望高漲的一刻，脈搏加速的瞬間。

萬一呢？萬一是我呢？萬一是我買的那張呢？贏了那麼多錢我要做什麼？我會變成什麼人？

福星從皮夾拿出彩券，放在油油的桌面上按平。她的號碼往上注視她。

「還需要什麼嗎？」

她一手蓋住彩券。「請給我帳單。」她對服務生說。不久後，服務生將帳單隨手往桌上一放。福星將彩券收回皮夾裡，數出足夠付帳加小費的錢，站起來時頭有點暈，就像突然從夢中醒來。

門外，黃金時刻結束。失去陽光之後，塵土被打回原形。福星一直都很清楚，塵土只是塵土。她腳步緩慢，原本計劃吃完飯就去客運站，坐客運去威廉斯市。那裡有火車站，她想去哪裡都沒問題，而且比客運快；下一班車半小時後出發。但現在她滿腦子只想著要對樂透。

她看見前面有一家雛菊超商，於是加快腳步。

進入店裡，她站在櫃台前對店員說：「請給我一張這週的百萬大樂透對獎號碼。」

「沒問題。」店員從收銀機旁拿起一張紙，「今天太多人來要，所以我先印了一疊出來。拿去吧。」

福星看了看那張紙，又抬起頭。十一、十八、四十二、九十五、七十七。熟悉的號碼，**她的**幸運數字。

「你確定這是對的號碼？是這週開出來的？」

「沒錯，小姐。」

福星匆忙離開便利商店走到街上。她站著不動，心臟狂跳，手掌汗濕。她必須找個隱密的地方對獎，必須親眼證實是這些數字沒錯。

前面有家麥當勞。她進去之後，發現客座區有電視，轉到CNN，她瞥了一眼。螢幕上的跑馬燈顯示：三億九千萬樂透彩於愛達荷州便利商店開出，中獎人尚未出面領取。

福星走向後面的洗手間，進去之後她關門、上鎖，背靠在門上，呼吸急促、全身顫抖。

她從皮夾拿出樂透彩券。她以為早已消逝的那個世界留下了痕跡，此刻正直直盯著她的臉。妳很特別。妳很神奇。妳很好運。妳獨一無二。

十一、十八、四十二、九十五、七十七。

她拿出從雛菊超商拿到的對獎號碼，開始比對。

十一、十八、四十二、九十五、七十七。

她中頭獎了。

福星想尖叫——但不是一般人發現中頭獎時的那種尖叫。要是她出面領獎，一定會被逮捕，到時候就算中頭獎又有什麼用？

她將彩券摺好放進鞋子裡。她站直看著鏡中的自己，熟悉的姿態表明她必須努力思考：新身分、新計畫，通往這個璀璨美夢的新道路，一定要想出來，什麼都好。

想出一個名字，想出一個故事。快想。

但她只能呆望著自己的臉。「福星。」她對著鏡子忿忿說出。

她走出洗手間，外面天已經黑了，她在街道上往前走，擺出一副很清楚要去哪裡的模樣——但其實她未曾感到如此迷失。

一九九三年三月二十日
華盛頓州，貝爾維尤市

爸爸的別克汽車在史蒂芬家外面停下，引擎回火。那棟房子佔地寬敞，農場風格的錯層房屋(註)，草坪經過精心修剪，車道很長，完全符合福星的想像。遠處的背景是山巒層疊，水藍色天空漸漸化作薄暮。路燈閃爍點亮，在外面玩投接球或扔樹枝給狗狗的小朋友紛紛回家；有幾個停下腳步看他們的車，神情警戒。這輛車太大，車體生鏽，發出雜音和回火。爸爸熄火前又發生了一次回火放炮聲，福星好想爬到後座下面躲著永遠不出來，問題是，躲在後座底下會錯過眼前的美景：夕陽映在乾淨的窗戶上；蝴蝶在灌木叢中飛舞流連，又突然急速後退，彷彿完全不想靠近灌木叢；空氣中洋溢烹飪的香氣，不是之前木屋分租雅房那種洋蔥與豬油怪味，而是烤架上的牛排和烤箱裡的派。

「好，小安，」爸爸揚起一條眉毛說，「準備好了嗎？」

福星下車。大門開著，她看到史蒂芬的媽媽達拉站在門口。一陣狗叫，接著一隻黃

譯註：錯層（split-level），意指房屋不在同一個平面上，而是用二到四個台階作為隔斷，即客廳、廚房、臥室、浴室等生活空間都位於高度不同的平面上。

金獵犬蹦蹦跳跳沿著車道跑向她。牠一定是花花，史蒂芬說過，她爸爸心肌梗塞過世之後，媽媽買了這隻狗，希望能改善她們母女的心情。史蒂芬承認確實有用，幼犬包治疑難雜症。花花不叫了，用鼻子碰碰福星的手。

「**維吉爾**？」

「達拉。」爸爸回應，聲音充滿感情，就連福星也差點相信他是真心真意。「對不起，妳願意原諒我們不告而別嗎？我太害怕了。我對妳的愛來得太強、太快，感覺很不對。所以我逃跑了，我不知道還能怎麼辦。現在我甚至愛妳更深了，超過去年夏天。自從分別之後，每一天每一刻我都在想妳。」

福星想吐。爸爸再次欺騙達拉，達拉再次上當。為什麼她不起疑？為什麼她不多生氣一下，質疑這個人為何要半夜不告而別？都沒有，福星反而聽見成人接吻那種濕答答的噁心聲響，她不想聽，於是跪下把頭埋在狗狗的長毛裡。

「**小安？**」

她抬起頭，突然一切都值得了。

「噢，我的天，我真的以為永遠不會再見到妳了！」史蒂芬激動吶喊，奔下車道朝她跑來，「有效嗎？妳有接受治療嗎？」

福星深吸一口氣。「有，」她說，「現在我已經百分之百健康了。醫生說是奇蹟。」

史蒂芬笑嘻嘻歡呼。「真的？太棒了！現在妳……」

「來這裡了，」福星說，「現在我們來了。」福星的爸爸和史蒂芬的媽媽一起往後走，繞過房子側邊，在比較隱密的地方繼續慶祝久別重逢。史蒂芬翻個白眼，但接著再次開懷地注視福星。花花依然站在福星身邊，不停搖尾巴。

「牠喜歡妳。」史蒂芬說。

花花比史蒂芬描述得更漂亮，金色毛髮在街燈下顯得柔柔亮亮，溫柔的尾巴緩慢搖擺著，牠抬頭盯著福星，喘個不停的大嘴擺出歡迎的笑容。這一切都太美好了，幾乎不像真的，卻又無比真實。達拉敞開懷抱歡迎福星的爸爸。約翰跟福星說過，只要達拉看到他時沒有生氣，就表示他們可以住下來。

達拉與「維吉爾」從後面回來。達拉笑容滿面，口紅有點糊掉。

「小安！」她說，「讓我好好看看妳，妳真的全都好了？」

「當然嘍。」爸爸注視著福星說。他舉起一隻手，用指節抹去根本不存在的眼淚，這個動作雖然微小但效果驚人。「輸血有效。看看她！現在她徹底康復了。達拉，這都要感謝**妳**，希望妳能原諒我的所作所為。」

「噢，別說了，維吉爾，我已經說過原諒你了。你的車一停在我家門前，我就原諒你了。」

接下來就像演電影，達拉再次投入他的懷抱，這次更熱情擁抱他。

「走吧。」史蒂芬說，福星跟著她走進屋內，狗狗緊跟在後。假使她能忘記他們在騙人，假使她能相信那些說詞都是真的，那就太好了。

問題是——她不可能忘記。她和夢想中的好友一起走進夢想中的房子，那堆謊言有如枷鎖重重壓在肩頭。她第一次深刻體會到，其他人或許可以放心大膽許願，但她必須謹慎。

兩個月過去了。每天福星都很努力想感到幸福，但她滿腦子只有一個念頭：這一切遲早會結束。她和爸爸從來沒有商量過要在這裡停留多久，但福星知道不會太長久。他們生命中的一切都只是短暫過渡。儘管如此，當她看著爸爸，她感覺得出來他很快樂，他樂在其中——誰不會呢？達拉將他奉若神明。「我真的好高興可以再次為男人煮飯，」

她說，「不、不，你舒服坐著放輕鬆就好。」達拉甚至幫約翰找到工作，在家族友人開設的家具店當業務。他下班回家時，達拉會準備好飲料迎接，再端出自己煮的晚餐。

「真的很怪，」史蒂芬悄悄對福星說，「現在明明已經是一九九三年了，她的行為卻像活在一九五二年。」儘管如此，福星知道史蒂芬喜歡看到媽媽幸福的模樣。福星父女來之前，達拉全部的心思都放在女兒身上，現在史蒂芬終於可以喘口氣了。以前達拉管史蒂芬很嚴，規矩一大堆；如果路燈亮了之後史蒂芬沒有在三十秒內回到家，達拉就會擔心到發狂。但現在即使到了傍晚，史蒂芬和福星依然可以和鄰居家的小朋友一起在草坪上奔跑，抓蠑螈放在手裡玩然後再放掉。天色變黑之後她們就必須回家，兩人會放慢速度，邊走邊聊天；即使她們比較晚到家，達拉也不會生氣。

夏天快來了，天黑的時間越來越晚。人生中第一次，季節變換對福星有了意義，因為她要去上學了。靠著爸爸帶來的假證件，福星順利進入史蒂芬念的私立學校。爸爸和達拉去學校幫她報名。那天晚上，他偷偷對福星說：「學校根本沒有仔細檢查證件，他們眼裡只有繳交高額學費的支票。」不用說，學費是達拉出的。所有錢都是達拉出的，約翰似乎不以為意，但福星卻總是感到不舒服，就好像明知不應該卻還是吃了一大堆糖。她因此胃口盡失，但假使她說吃不下，達拉又會擔憂地睜大眼睛，輕柔地按住福星的額頭不放。福星只能乖乖坐著不動，假裝很熟悉這種媽媽的關愛，假裝親生媽媽還在世的時候也經常這麼做。每次她都好想哭，但她從不讓眼淚流下。

至於學校，福星愛死了。在學校，她感覺自己不是假裝的——她真的是安德瑞雅．坦普頓，暱稱小安。史蒂芬比她高一年級，一開始福星因此很緊張，但後來她發現這是好事，因為她能專注學習；很快她的成績便名列前茅，尤其是數學。

每當鈴聲一響，無論是下課、午休、放學，史蒂芬一定會來找她。福星從不孤單。一般而言，學期末才轉學進來的孩子通常會遭遇很多問題，但福星沒有，她已經有了最好的朋友；不只是好友，她們基本上算是姊妹。「我們**確實**是姊妹。」史蒂芬經常悄悄對福星這樣說。

有一天，夕陽輝煌的午後，蓋茲比老師對福星說：「有時候我會忘記妳才十一歲。小安，妳很特別，未來一定會有驚人成就。」

「謝謝老師，我第一次遇到像妳這麼棒的老師。」至少這句話並非謊言。福星非常努力，每一天都盡可能說實話。

第7章

福星來到亞利桑那州威廉斯市。樂透彩券塞在胸罩裡，貼身藏好她才放心。她等待著中頭獎的狂喜降臨——但始終沒有發生。這張彩券只是無法實現的美夢。她想不出該如何兌現，也想不出該如何贖罪，至少現在還想不出來。

她做出的決定只有一個：下一站加州。但她身上的錢不夠去到那裡。她走出客運站，去雜貨店買了一卷布膠帶、髮膠，從收銀台旁邊的冰櫃裡拿了一個放太久的三明治。她邊走邊吃，前往市中心最大的飯店，有大型會議廳的那家。她踏著自信的步伐走進飯店大廳，順利找到她想找的東西：一間會議廳正在舉行美髮美容產業商展，另一間則是中小企業業務主管交流會。

她走進洗手間改頭換面：貓眼眼線，為了配合新染的頭髮而將眉毛也畫成深色；她用髮膠把頭髮往後固定，讓短髮造型多少顯得時尚俐落。她穿上黑色小禮服大露背，所以無法穿胸罩，便用剛才買的布膠帶將彩券小心黏在裙子內側。

「莉莎。」她對著鏡子說。莉莎是美髮師，來自明尼蘇達州，心懷遠大抱負。她來這裡參展，銷售深層潤髮乳加上她的專利施作手法。

福星變成另一個人，回到大廳，漫不在乎地將背包掛在手臂上。她很突出，但也很融入。

她察看飯店平面圖，接著搭電梯前往五樓的飯店酒吧。她優雅地坐在高凳上。一個下午，她喝著蘇打水，假裝認真研究商展程序表，那是她在一張長凳上撿到的。終於，活動結束的業務和美髮師陸陸續續來到酒吧。福星點了一杯伏特加馬丁尼，慢慢喝上一個小時，同時觀察、等待。一個男人在她身邊坐下，以欣賞的眼光一次又一次偷瞄她。他的長相稱得上順眼，但不算帥，單調的灰襯衫搭配奶油黃領帶。他沒有戴婚戒，但一圈特別白的浮腫皮膚洩漏出他已婚，他八成把戒指放在房間了。

「可以請妳喝一杯嗎？」他問，完全如她所想。

「噢——呃……」她望著空酒杯，胃裡突然翻攪，心中驀然出現的感受令她驚訝：悲傷。情緒來得太突然，而且不肯離去。想到接下來會發生的事，引誘、微笑，可能必須觸碰、親吻不是凱瑞的男人……她辦不到。這讓她好生氣。凱瑞拋棄了她，他們的感情只是一場耗時多年的詐騙，但他依然是她唯一愛過的男人，也是她唯一在一起過的男人。

「不了，謝謝。」她擠出一句回答。

那個男人聳肩，付帳之後離去。

福星思考還有什麼選擇。這樣做比較輕鬆，不然妳只能睡公車站了。萬一被警察發現帶回警察局，妳就完蛋了，徹底完蛋。

沒過多久，另一個男人過來坐在她左邊。她看著他在凳子上坐好，先問酒保有沒有他想要的那種特定生啤，然後點了一杯啤酒。她聽出紐約口音，再次轉頭看他，四目相對時，她害羞地笑了笑。他回她一個笑容，隨即低頭滑手機。他像之前那個男人一樣是中年。他的長相很和善，髮際線後退，左手無名指戴著閃耀的金戒指。他的眼睛感覺很累，下方有點發青，似乎昨夜很晚才睡——又一個無聊的城市、又一個無聊的業務交流會。他從公事包拿出一本書，卡內基(註)，《卡內基教你跟誰都能做朋友》。

「我好愛那本書。」她說——這不算撒謊。她十歲的時候爸爸讀給她聽過；多年來，他們將書中的許多概念運用在詐欺中。她依然記得「社交高手的人際相處六大技巧」：

譯註：卡內基（Dale Carnegie），美國著名的「人際關係學大師」。

真誠相待、常保微笑、牢記人名、鼓勵對方談他們自己的事、投其所好、讓對方感到受重視。卡內基認定使用這些技巧的人都是真心想交朋友。爸爸不是。

她一手摀住嘴。「**對不起**，我不該打擾你看書。不要理我。」

「噢，」那個男人一臉詫異，似乎沒想到她會和他講話，「沒關係。這本書很有意思。」

「你來參加會議？」

「對，中小企業交流，妳呢？」

「美髮美容展。」

他的手機放在吧台上，就在手邊。福星看到螢幕鎖定畫面的桌布，一個臗部很寬的金髮女人，戴著墨鏡，站在沙灘上，一手牽著一個小孩，笑容滿面。她立刻想像出他的生活：結束出差回到家，雖然已經很累了，但太太更是筋疲力盡。他在外面討生活累慘了，她在家裡顧小孩也累慘了。兩人吵架。他覺得沒有人感謝自己，她也有同樣的感受。夫妻雙方很可能都幻想這樣的時刻，在飯店酒吧裡和陌生人有說有笑，不用擔心後果，因為永遠不會有人發現。

「這是我第一次出差，」她說，「我很少出遠門。可是……」她匆匆眨眼，伸手按按眼睛下方，「別介意，對不起。真丟臉，我竟然在陌生人面前哭。」

「別在意，沒關係。」他靠過來，「怎麼了？」

「我只是，一直很不順。那個……」她顫抖著吸一口氣，然後揮手叫酒保，「麻煩給我們兩杯龍舌蘭。」她再次注視那個男人，「你會陪我喝吧？我真的好需要振作，龍舌蘭酒每次都很有用。」

酒保將兩杯酒和鹽罐放在他們面前。那個男人猶豫一下，最後說：「噢，有何不可？」他們各自仰頭乾杯，「好了，妳為什麼難過？」

「你應該會覺得很無聊。」

「說說看。」

「呃——你叫什麼名字？」

「提姆。」

「提姆，我是莉莎。我銷售美容美髮產品給沙龍，很無聊，對吧？」

「我敢說肯定**還是有**趣味。」

「好吧，對啦，確實有。」她靠近，「我賣的護髮乳要搭配一套獨特的手技，按摩頭皮的特殊手法。說真的，如果做得正確，客人不只會覺得舒服而已，他們會**從此**指定你，而且護髮乳也能更深入滲透，讓頭髮**真正**變得更柔軟、更健康，就算經常吹整染燙也不容易損傷……」她停住，「我怎麼把推銷那套全搬出來了？」她注視他的眼睛。

「或許是龍舌蘭酒的威力，但我**超愛**頭皮按摩，莉莎。」他說。

「呵，提姆，」她稍微更靠近，「要是你喜歡頭皮按摩，找我就對啦。」

等到他們喝完第三杯龍舌蘭酒、做了兩次頭皮按摩，她已經扒走了他的戒指、手錶、皮夾，甚至不必接吻。

「我好久沒有這麼開心了。」提姆說，態度變得認真，完全沒察覺東西不見了，毫不設防、滿心歡喜。

「謝謝。」她說。

他的手差一點就要碰到她的手，她用小指輕輕磨蹭他的小指。

「莉莎，妳是哪裡人？」他的聲音沙啞。

「威斯康辛州，」她回答，「我只是來自威斯康辛州的平凡女孩。」

「妳**一點**也不平凡。」

他們凝視對方的眼睛。「來我的房間，」她說，「我先上去，你等五分鐘再來，讓我……換件舒服的衣服。」她傻笑，「抱歉，好老套喔，不過真的啦……先等一下，然後上來找我，我的房號是五〇五。我不會鎖門。」

「我等不及了，莉莎，真不敢相信我竟然這麼好運。」

她站起來，拿起背包，搖曳生姿走出酒吧，最後對他那張癡迷的臉拋個媚眼。

她坐電梯下樓到大廳。走進洗手間，脫掉細高跟鞋和小禮服，小心將樂透彩券從裙子內側取下藏進胸罩裡，套上T恤，穿上牛仔褲、戴上棒球帽。

走出飯店，她看到市區公車的車燈。她低頭跑過去，付了車資之後在靠近後面的位子坐下，轉頭避開車窗以防萬一。

公車出發。過了幾條街之後，她安心了。她把手伸進背包前面的口袋，摸到涼涼的金屬：他的手錶、皮夾、婚戒。東西不見了，他會怎麼跟妻子解釋？或許會說他被搶劫了，以後他再也不會犯同樣的錯誤；很可能也不會感到內疚，畢竟他已經付出代價了。他做了壞事，至少有這個企圖——結果發生了壞事。

他能釋懷的。

她之前查過路線，公車一站站前行，終於她看見EZ當舖明亮的燈光。她走進去，將手錶和婚戒放在櫃台上。櫃台裡的小姐一言不發拿起來，往後面走，不久後回來。

「十四K金我們開價每公克二十三塊半，如果要現場拿現金則是二十二。這個戒指重六克，也就是一百四十一元或一百三十二元。至於手錶，妳可以放這裡代售，我們會標價兩百，五五分帳。如果妳要現在就拿，我們給妳五十。對了，妳戴的那條項鍊呢？應該多少值一點錢。」

福星猶豫一下，伸手到脖子後面解開金十字架。她取下放在櫃台上，店員拿到後面去，不久之後回來說：「一樣的價格，標價兩百五五分帳，或是現場給五十。」

福星一把搶回項鍊。「這個不賣，」她說，「其他兩樣現在拿。」

店員聳肩。「好。那麼，一共一百八十二元。」她清點現金。那個男人的皮夾裡有兩百元，加上藏在鞋子裡沒被搶走的一百元，福星現在差不多有五百元。

她走出店門，站在當舖前方，重新將媽媽留下的項鍊戴好。她意識到，她不會放棄找到媽媽這個夢想，現在更是不能，她比之前更需要那個缺席的親人。福星不知道要從哪裡開始找，她從來沒有真正找過——但她遲早會找到媽媽，她不會讓這個夢想破滅。

福星邁開腳步，往回走向火車站。如果她沒有算錯，明天早上就會抵達加州的聖昆丁，走進她最不想去的地方。

一九九三年五月

華盛頓州，貝爾維尤市

星期六，福星與史蒂芬去找朋友玩，傍晚回家時，約翰和達拉在後院吵架。福星僵住。該不會達拉發現真相了吧？「不然我們先回去，」福星說，「給他們一點時間……」

「不行，現在天已經全黑了，我會被禁足。」

黑暗中傳來爸爸的聲音，他大聲說：「她是我的女兒，她要看哪個醫生由我決定。再過兩週她就要回診了，我會帶她去，達拉，妳不必**擔心**——」

「維吉爾，我不是**擔心**你長途開車，我是擔心小安！幾個月複診一次怎麼夠？而且醫生還遠在另一個州，她需要更常確認健康狀況。我已經跟**你**說過了，我會出錢，你不必煩惱錢的問題。現在你住在這裡——我想照顧你，照顧**你們**兩個，為什麼你不要？」

沉默。蟋蟀的叫聲。甩門的聲音，福星聽出來是史蒂芬家的後門。看來爸爸不想吵了。黑暗中，達拉獨自坐在露台上，垂頭喪氣。

「有時候他真的很混蛋。」福星對史蒂芬說。福星緊抓住籬笆門，彷彿一放手她就會往後栽倒。她已經感覺到這場美夢從指尖溜走。她想著說不定今晚就必須離開，爸爸會半夜叫醒她，兩人偷偷溜走。她含淚看著史蒂芬。「對不起。」她說。

「為什麼道歉？妳沒有做錯事。」史蒂芬伸手抓住福星的手臂，「妳爸爸總是**說**已經沒問題了，但我猜有時候妳應該很怕，擔心一切會……」

「突然毀滅，」福星低語，「沒錯，我的確很怕。我害怕到時會無法阻止。」

「讓我們照顧你們，現在我們是一家人了。我們會相遇是命中注定，妳不覺得嗎？」

最近史蒂芬愛上**命中注定**這個詞。可惜不是命中注定，是因為她們母女倒楣。福星知道這件事，但史蒂芬不知道，這讓她們之間瞬間出現隔閡，有如籬笆的木樁。「我媽媽希望妳去看我的兒科醫生，」史蒂芬說，「她要我努力說服妳，但我還沒說，我們只想確定妳一切平安。有機會的時候和妳爸爸說一下，好嗎？」

「好，」福星斷然說，「現在我就去找他談。」

她留下史蒂芬站在門口，自己走向後院，經過達拉身邊，她依然獨自默默坐在黑暗中，但她猶豫一下之後回過頭。福星看到達拉凝視她，表情滿懷期待、毫無遮掩。她什麼都不知道，沒有起疑心。

「小安，妳沒事吧？要不要聊聊？過來陪我吧。」

「我要去找爸爸，我想和他談一下。」福星說完之後轉身離開達拉。

她在主臥房找到他，他坐在床鋪屬於他的那邊。「聽我說，丫頭，我也想在這裡待久一點，為了妳，我也想留下來，但狀況有點——」

「帶我去看那個兒科醫生。他會幫我做檢查，發現我健康狀態完美，沒有任何疾病——非常正確、非常真實，天賜奇蹟。這樣她們會很開心，我們也可以留下來。說不定永遠不用離開。好不好，爸爸？我真的很想留下來。」

「妳不懂，」他壓低聲音說，「沒有那麼簡單。無論如何，就算留在這裡，我們也不可能永遠幸福。」

「為什麼？」

「因為人的天性就是不知滿足。即使現在還沒有跡象，但到最後妳的幸福一定會崩塌，因為我們為了留在這裡，撒了太多謊。」我們。同謀。共犯。

「我只是個小孩。」她說，但這句話感覺很假。她從來沒有機會只是小孩，所以她才這麼想留在這裡，單純做個小孩；說不定，只是說不定，可以長大成為普通人，像其他人一樣的人。不是賊，不是十一歲的詐欺高手。

「你多少也愛她吧？」她問，「達拉？像她愛你那樣？」

他憂傷地說：「沒有，我辦不到。妳懂吧？面對肥羊的感覺？」福星拒絕點頭。「我鄙視她。竟然這麼輕易就相信，竟然有人會相信這種騙局，引誘、台詞、套路……唉，我永遠、永遠無法愛上那樣的人。**妳懂的**，福星。」

「我不懂。」

但其實她懂。有時她對達拉也有相同的感覺；當她憂鬱不快時，偶爾也會對史蒂芬有這樣的感覺。福星好想搖晃她，對她說：喂，妳沒有心眼嗎？怎麼會照單全收？

「不然你走，我留下來，」她低語，「你可以……就這樣離開。」

他打開檯燈，她看清他的臉。他的神情悲傷，她不禁感到內疚，她竟然提議分道揚鑣。「丫頭，我知道妳有多想要這樣的生活，但妳真的以為我走了以後，她還會對妳這麼好？她只要看到妳就會想到我。」

「算了，當我沒說過。」

「妳和我，我們互相需要，妳很清楚。」

福星用力吞嚥一下。但現在她喉嚨裡的梗塞好像永遠不會消失了。謊言會不會卡在身體裡變成可怕的東西？她會不會真的生病？「我知道，」她說，「但我只想要一年的時間。在同一個地方待上一整年，做小安。然後我們就可以走了。」

「我們待得越久，要離開的時候越痛苦。」

「我不在乎，」福星說，「現在就已經夠痛苦了，還可能更痛苦嗎？每一天我都擔心你會突然說要走。我需要一個結束的日期，我需要一段夠長的時間，至少讓我能夠感覺……至少讓我能夠感覺這一切真正發生過。」

他久久沒有言語，她相信他一定在思考，編造一百萬個不同的藉口，每個解釋都合情合理，而且難以辯駁。沒想到他說：「好吧，交給我處理，我會盡力。」

「謝謝你。」福星說。她轉身離開主臥房，長這麼大她第一次覺得像中了樂透——但不足以支撐多久。

第8章

聖昆丁州立監獄的高聳刺網圍欄裡，福星站著不動，雙臂張開，警衛忙著搜身。樂透彩券放在皮夾裡，完全看不出有問題。

警衛搜完之後說：「好了，往那邊。」福星跟隨人群往前走。她沿著碎石路進入接待區，第二次拿出證件。她是莎拉．阿姆斯壯，約翰．阿姆斯壯的姪女；住在舊金山，在銀行上班。過去十年她一直用這個身分來探望爸爸，他已經服了一半的刑期。

警衛看了看駕照，然後抬頭看福星。「剪頭髮了？」她問。福星點頭。「現在他在見另一個訪客，那位小姐才剛進去。妳先在會見室外面等，輪到妳再進去。」

福星坐在龜裂的塑膠椅上。誰會來探望她爸爸？時間一分一秒過去，焦急讓她咬緊牙關。

過了將近一個小時，一個女人從會見室出來。

福星已經九年沒有見過她了。她的深棕色頭髮往後梳，紮成亂亂的低馬尾，馬尾以下剃光；穿著寬鬆牛仔褲和坦克背心，工作靴的前端磨損。這個人是她爸爸以前的「事業伙伴」，他就是因為那次的詐欺案而進監獄。

「福星？」

她站起來。「怎麼？打算再拉我爸做危險的工作？那也要他有命出獄才行。雷耶斯，妳來這裡沒問題嗎？」

「我的假釋條件並沒有規定不能來監獄探視。不是，我沒有要找他做壞事。」她伸手進口袋拿東西。

她拿出一個長方形的名片盒，同時警衛上前一步說：「喂！」

「我只是要給她名片。」雷耶斯說。警衛過來檢查完之後將名片交給福星，又回到等候區另一邊。瑪麗索・雷耶斯，上面寫著，駕駛。聖地牙哥三振基金會。

「這是什麼？」

「我現在上班的地方，是非營利機構——」

「雷耶斯，妳開玩笑吧？」

至少雷耶斯還有點羞恥心，她臉紅轉開視線。「這是真的。這是一群律師組織的團體，幫助三振出局(註)的人——就像妳爸爸那樣——讓他們能夠獲得釋放。就像名片上寫的一樣，我是駕駛。律師成功讓人從監獄釋放之後，我開車去接，帶他們去申請證件、買衣服、吃一餐飯、找地方住——」

「順便拉他們入夥？加入妳所謂的慈善機構？當普莉希拉的手下？妳有沒有羞恥心——」

「我已經不幫普莉希拉做事了，妳也知道我一直很想擺脫她。聽我說，現在沒時間講這麼多，妳爸爸的狀況不太好。」雷耶斯看看她們身後的時鐘。「妳快點進去吧。」

「狀況不好是什麼意思？」

「記憶力衰退，很多事都忘記了。打電話給我，好嗎？談一下妳爸爸的事，不過……」她靠近一些，壓低聲音，「我在電視上看到妳。我答應過妳爸爸要照顧妳，**打電話給我**。」

雷耶斯說完之後便離開了，走出等候室。福星往前走，進入會見室，裡面的布置很像自助餐廳。她看到爸爸獨自坐在角落桌邊，茫然發呆。他好像縮水了。

看到她，他準備站起來，但又重新坐下。她一直成功抵禦的罪惡感此刻有如蜜蜂圍繞她飛來飛去。

「嗨，約翰叔叔。」她在桌邊坐下。

「妳過得還好嗎，福星？」

「不可以叫我那個名字。」她壓低聲音說。

「對不起。妳的名字是……」

「莎拉。」

「好。」他尷尬微笑，「抱歉，我好久沒見到妳了。莎拉・阿姆斯壯，我的姪女。」

「雷耶斯說你身體不好。」

他蹙眉。「是嗎？妳在外面遇到她？唉，沒有**那麼**嚴重。」

「十分鐘！」警衛在門口大喊。

四周的交談聲突然變大聲。「我好想你……」「家裡有點困難……」「能寄泡麵就太好了，還要一些巧克力……」「凱蒂寶寶昨天晚上做了超好笑的事……」

「我出事了。」福星終於說。但她保持笑容，外人看來他們只是在聊一般話題，爸爸也一樣，但他的笑容有點抖。「凱瑞，他——」

譯註：美國柯林頓總統於一九九四年簽署「暴力犯罪控制暨執行」，俗稱「三振法案」。主要內容是已經犯兩次重大犯罪的重刑犯，或已犯一次重大犯罪的暴力罪犯或煙毒犯，若再犯時，原則上終身監禁。

「都過了這麼多年，他又出現了？」

「我很難解釋。我沒有告訴你，但我和他在一起。過去十年一直在一起。」她無法判斷他是否感到驚訝，他的表情還是以難過為主。「對不起，好嗎？現在沒有時間解釋這麼多……總之，他甩了我。」

「啊，甩得好。**我**沒有告訴**妳**，但我一直知道他——」

「你沒聽懂，我們……合作。」她注視爸爸，希望他能聽懂。「我們做得太過分了，牽涉到大筆金錢。不是我們的錢。」

「這樣啊，」爸爸說，「我明白**合作**的意思。」

「我們計劃好要去多明尼加，沒想到他閃人了，就發生在前天。現在大家都在找我，我麻煩大了。」她看到他受傷的眼神，簡直不忍卒睹：她打算拋下他跑路讓他很傷心。

「老實說，我不知道能幫妳什麼，」他憂傷地說，「我在裡面毫無辦法。丫頭，真的很對不起，我從來不希望妳發生這種事。」

「不過我有翻身的機會了……很大的機會。」她瞥一眼最靠近他們這桌的警衛，但他沒有留意他們。「你記得嗎？小時候我們一起出遠門，每次你都會讓我買一張樂透彩券，用我的幸運數字。你還記得嗎？」

「記得，」他說，「我當然記得。」

「我買了一張彩券緬懷你。」

「我又還沒死，雖然發生那些事讓我無法繼續參與妳的人生——」

「我中了。」

他停止說話，眨了幾下眼睛。「多少？」

「頭獎。」

「別鬧了。」

「我中了三億九千萬。」

他歡聲大笑。「我沒聽錯吧？妳真的不是在耍我？」

「以我現在的處境，為什麼要特地大老遠跑來這裡瞎掰中樂透的事耍你？」

他沉默。接著說：「呃，妳打算怎麼辦？」

「這就是我希望你幫忙的事了。」

「妳算過了嗎？」他問。

「算什麼？」

「要是妳被抓進來，得關多少年。大概多久？」

「很久。」恐懼梗住她的喉嚨，「比你更久。很可能三十年。」

雷耶斯的名片還在福星手中。她不停撥弄，之前她雙手緊張地放在腿上，但現在她舉起手放在桌上，爸爸看到名片。

「不行——妳**不能**找雷耶斯幫忙。她還在假釋。現在她過得很好，不能讓她再牽扯上……呃，妳知道，麻煩。剛才妳們在等候室遇到的時候，她有沒有說新工作的事？」

福星將雷耶斯的名片收進口袋。「我不會打給她，」她說，「別擔心。你的寶貝雷耶斯會把你弄出來。」苦澀嫉妒的語氣讓她彷彿又回到十七歲。「我呢……」接下來的沉默中，福星清楚感受到每一秒流逝，之前如此珍貴的分分秒秒，現在卻變得毫無價值。「天曉得我會怎麼做？反正你也不關心。」

「五分鐘！」警衛大喊。

他開始扭手，看得出來他很緊張，這是他以前沒有的習慣。「妳知道，」他說，雙手鬆開放在桌面上，「妳真的是全天下最好運的人，我一直都說——」

「別說了，拜託。現在不適合。我**不是**。」

「對啦，確實很複雜。不過妳會設法領彩金，妳只要保持信心就好。」

又是這種話。只要保持信心、只要行善助人。福星舉起手摸摸脖子上的項鍊。

「葛蘿莉雅呢？」她聽見自己說，金十字架的觸感溫熱。

爸爸的表情又變得迷惑。「葛蘿莉雅？我好多年沒有想起過她了。」

「你知道她在哪裡嗎？」

「她想必還在庫伯鎮經營戴佛如家的釣魚營地，她拋棄我之後離開紐約市，從那之後一直在那裡……除非她死了，不過我想應該不會；她很年輕，比我年輕，而且我們在法律上還是夫妻關係，所以她死了會有人通知我。不過為什麼妳要問——」遲來的領悟降臨；他察覺自己透露太多了，同時福星察覺她錯過了某個關鍵……是什麼呢？「噢，可惡。」爸爸說。

「要是我成功拿到彩金，去你剛才說的那個露營地找她，她會不會為了錢而終於想認識我？幾億的錢？」

「噢，老天，ㄚ頭。妳當真？妳連見都沒有過她，以妳現在的處境，竟然想去找她？重點不是彩券也不是錢，葛蘿莉雅——」

「四分鐘！」警衛大喊。

「你總是表現得好像我從一開始就沒有媽媽，」她說，「就好像我是從天上掉下來的，沒有經過胎兒階段。就好像我不需要媽媽，也從來沒有媽媽！但其實你知道她在哪裡——」

「這才是妳來這裡真正的目的，逼問我妳媽媽的下落。妳一整年沒有來看我，現在妳終於來了，卻是為了這個。」

這是熟悉的老把戲，迅速將錯的人變成她。至少他還有能力使出這招，他的心智足夠健全，還能這樣玩。冰冷的欣慰。

「不，我來是為了請你幫忙。」

「那好吧，我會幫妳。彩券在妳手裡，現在妳只需要找人幫妳領取，妳能信任的人。」

他的眼睛發光，「我想到了！達拉和史蒂芬！以前我們就像一家人。」

「沒有，沒有這回事，我們只是假裝。」

「妳可以去找她們，說我進了監獄，妳呢，妳和我的騙局完全無關。史蒂芬把妳當妹妹，這妳無法否認吧？去找她們，動之以情。說真的，這個主意太妙了，我們都很清楚她們願意為了愛做到什麼程度。告訴她們，即使到現在，她們也是妳唯一的親人，現在妳出事了，不得不拜託她們幫忙領取彩金。非常完美。」

「我不懂，葛蘿莉雅明明和我有血緣關係，你卻認為達拉更可能幫我，到底為什麼？我需要可靠的人。」

「不然去找普莉希拉，她什麼都辦得到。」

福星下定決心來這裡時多少懷抱著希望，但那一點點希望現在也從鐵窗飛出去了。

「我不可能去找她。」

「她會幫妳。當然啦，妳必須讓她抽成——」

「她根本是毒蛇。」

「這麼說太誇張。她改了，洗心革面了。進監獄之後如果沒有學得更壞，就會學乖。現在她在佛雷斯諾(註)經營婦女收容中心——」

「她的刑期還不到四年——」

「而且，她一定很想知道她的寶貝兒子凱瑞在哪裡，對吧？」

「我不知道他在哪裡。」

「只要讓她以為妳知道就好了。」

「一分鐘！」警衛大喊。

「這樣吧，明天我打電話給普莉希拉，告訴她妳會過去？」

譯註：佛雷斯諾（Fresno），加州第五大城。

「拜託不要，不要告訴任何人我中獎的事。答應我，這筆獎金必須屬於我一個人。」

「老傢伙，該走了。」警衛來到他們桌邊。看到他，爸爸露出畏色。

「好。」她推開椅子，但爸爸彎腰向前抓住她的手臂。

「雷耶斯警告過妳凱瑞不是好東西，」他低語，「那時候妳以為我不知道他的真實身分，也不知道你們的關係，但我知道。我早該**強迫**妳和他保持距離。」

她後退。

「約翰叔叔，」她說，盡可能保持語氣平淡、保持微笑，「他和你**一模一樣**。」

爸爸的笑容消失了。「我絕不會拋棄任何人，不像他對妳那樣。」

「快！」警衛咆哮，他抓住她爸爸的前臂。

「好了、好了，不要發脾氣嘛。你抓太緊了，我走、我走。」他再次看她一眼。「下次見，丫頭。」他說，彷彿剛才什麼都沒有發生，彷彿兩人只是平凡的叔姪，互相道別，期待下次會面。

一九九三年十二月
華盛頓州，貝爾維尤

錯層房屋裡裡外外燈火通明。每年聖誕夜達拉都會舉辦開放式派對，整個晚上鄰居進進出出。花花平常的項圈換成紅色蝴蝶結；派對快結束時，史蒂芬和福星帶花花上樓去她們共用的臥房，她們聽達拉的話換上聖誕睡衣，躺在床上讀剛拿到的新書。顯然這是迪克森家的傳統，聖誕夜要穿新睡衣讀新書。達拉問福星喜歡哪種書，福星不知道怎麼回答。她上一本讀的書是《悲慘世界》，還沒讀完就丟在諾維了，到現在還不知道苦命的尚萬強和不幸的芳婷結局如何[註1]。但她知道要是這個年紀的孩子要求這本書，達拉一定會覺得很怪。於是她說想要《雞皮疙瘩》系列最新的一本。史蒂芬妮則要了V. C. 安德魯絲[註2]的小說，她邊看邊尖叫，發誓看完之後一定會借給「小安」。

譯註1：《悲慘世界》（*Les Misérables*）為法國文豪維克多．雨果（Victor Hugo，一八〇二～一八八五）於一八六二年所發表的長篇小說。尚萬強是此書的男主角，芳婷則是受他幫助的可憐女工。

譯註2：V. C.安德魯絲（V. C. Andrews）美國史上最暢銷的作家之一，擅長以禁斷戀情、血親糾葛等元素創造膾炙人口的小說。作品包括《閣樓裡的小花》（*The Flowers in the Attic*）系列。

沒過多久，史蒂芬放下手中的書。「我沒辦法專心，」她宣稱，「我太興奮了。」她抓抓狗狗的耳朵。「花花，如果夜裡妳聽見聖誕老人來了的聲音，一定要大聲叫我起床喔，好不好？」雖然她比福星大一歲，但史蒂芬依然相信聖誕老人是真的，而且非常熱衷。福星不忍心告訴她根本沒有聖誕老人。

爸爸從來沒有費心隱瞞這件事，前幾天他才偷偷告訴福星，達拉要他幫忙找地方藏「聖誕老人的禮物」。他也隨口提議福星可以跟達拉要首飾甚至黃金。「相片墜盒之類的東西，等我們離開的時候可以融化拿去……」看到她的表情，他停住。

「你總是滿腦子都是錢。」福星說。

這是她人生中第一次真正感受到聖誕節有多神奇，卻被他毀了。

「妳不懂要活下來得花多少錢。」他駁斥。

「我們現在活得很好。我們可以待在這裡，我們不必**偷東西**——」

這時達拉回家了，兩隻手臂掛滿購物袋，他們沒辦法繼續講下去。

回到現在，史蒂芬叫她：「喂，妳在神遊嗎？」

「抱歉，我也一樣，實在太興奮了。因為太興奮，什麼都沒辦法想。」

「妳一定會**愛死**這裡的聖誕節。我家的傳統是每個人都有很多禮物，真的**一大堆**喔。」

期盼在史蒂芬的眼眸中舞動。「不過呢，妳要先看聖誕襪裡的禮物。」她嘛起嘴，「我準備了超特別的東西，明天早上拆禮物的時候一定會很亂，我不希望混在裡面。」她從床上跳起來，打開衣櫥翻找一陣，終於挖出一個非常小的盒子，交給福星。

「這是什麼？」福星問，低頭看盒子。她也為史蒂芬買了禮物，之前史蒂芬逛購物中心時看到一件鄉村風上衣，她很喜歡，於是福星買來當禮物。但當福星低頭看小盒子，她意識到裡面的東西很特別，比鄉村風上衣特別很多。

「妳太費心了。」她剛開口，史蒂芬同時也開口：「我是用做家事賺的錢買的。」這下福星感到更可恥了。她買那件上衣是用達拉給的錢。福星也有做家事賺錢，但她拿去買了一個純銀領帶夾準備送給爸爸。她盡力想讓他也覺得今年聖誕節很特別，希望當他體會過這樣的生活，感受到他們可以多幸福，他就會改變心意留下來，即使他承諾的一年時間過後也不用離開——一年實在過得太快，眼看就要結束了。只剩三個月。

史蒂芬過來坐在福星的床上，那本《雞皮疙瘩》系列書掉在地上。

「妳們兩個！」達拉在樓下大喊，「該關燈了。」

「媽，再一下就好。」史蒂芬大聲回答，然後再次看著福星，「快打開吧。」

「好、好！」福星說。她小心翼翼撕開膠布，不弄破包裝紙。

裡面是一個淺藍色珠寶盒。她打開蓋子，裡頭放著一個黃金吊飾手環，上面有兩個吊飾：一顆心，上面刻著姊妹字樣；另一個則是狗狗的形狀，和花花一模一樣。「我選金色的，因為可以搭配妳媽媽留下的項鍊，」史蒂芬說，「等妳生日的時候我會加上一個吊飾，明年聖誕節再加一個。永遠，妳的一生，我都會送妳吊飾。」

福星哭了出來。「不行，」她說，「我不能收。」

史蒂芬萬分震驚。「妳不喜歡？對不起，我以為——」

「不、不，我不是不喜歡。只是……太貴重了。這樣真的不對。」她差點大聲啜泣，幸好及時嚥回去。史蒂芬和她媽媽隨時可能會發現他們父女撒了多少謊，這一切隨時可能分崩離析。

福星將手環放回盒子裡，用力閉上眼睛。大顆淚珠滾落臉頰。

「我不懂為什麼妳會這麼難過，」史蒂芬說，「是不是……因為想到妳媽媽？是這樣嗎？」

福星睜開眼睛。史蒂芬幫她想好了答案。她抹抹臉頰。「對。」她撒謊。「除了我媽媽的十字架，我不想戴其他首飾。我總覺得好像很不孝……」福星一手摀著臉。「對不起，」她從指縫間說，「我真的、真的很對不起。」

「該道歉的人是我才對。」

門外傳來聲響，史蒂芬與福星抬起頭看。達拉與約翰站在門口。

「妳們兩個沒事吧？」達拉問。福星用拳頭抹去眼淚，深呼吸。

「我有話要跟爸爸說，」福星說，「私下說，可以嗎？」

後來在老舊的別克車上，福星依然能看到她呼出的白氣。並不奇怪，他們走得太匆忙，沒辦法等車暖起來。史蒂芬終於睡著之後，福星簡單收拾行李，摸黑隨便拿了幾件衣服、幾本書塞進書包裡。她拿走了手環和吊飾，知道要是不拿一定會被爸爸罵。

他們躡手躡腳走過客廳，花花跟在後面，尾巴搖不停。爸爸說：「妳可以拿幾個。」福星不理會，直接從那一大堆禮物旁邊走過。她小心翼翼打開大門，爸爸抓住狗，這個地方有太多不得不忘記的東西，花花也是其中之一。

如果史蒂芬聽到他們離去時發出的聲響，或許會以為是聖誕老人駕著雪橇來了，也可能她睡得很沉，什麼都沒有聽見。現在全都無所謂了，他們已經上了高速公路，駛出好幾英里，永遠不會再見到史蒂芬和達拉。

爸爸在沒有車的路上高速前進，福星呼出一大團白煙；聖誕夜沒有人出門，所有要回家過節的人都已經到家了。佳節夜晚，只有他們這樣的人會在路上，漂泊無根，像不停滾動的石頭。

「ㄚ頭，我該怎麼做才能讓妳好過一點？畢竟是聖誕節嘛。」

「沒有。」福星說。

他們離貝爾維尤越來越遠，爸爸一手放開方向盤摸摸她的頭，對她說：「這樣對大家都好，以後我們不會再捲進其他人。必須顧及其他人的感受，就會太容易受傷，我們和對方都一樣。」

「難道不能放棄嗎？不要繼續做這些事？難道不能找個地方安定下來嗎？你去上班，就像其他爸爸一樣。我去上學。你常說我很聰明，我可以去上小學、中學，然後申請一家很厲害的大學。我會去工作，也會照顧你，真的不必像現在這樣。」

他打開收音機，但每個頻道都在播放聖誕歌曲，於是他關掉。「我知道妳想要像其他小孩一樣，但或許妳沒有意識到，其實妳真正想要的是我能像其他爸爸一樣，」他說，「但我就是不一樣。我只知道這樣的生活方式，不知道別的。我不知道要怎麼做才能改變。我能找到什麼工作？」

「只要你下定決心，什麼都做得到。我看過太多次了。」

但他又不說話了，他們到了華盛頓州與奧勒岡州的邊界，她明白這個話題已經結束了。

「福星，拿地圖出來，好乖。我們來看看下一站要去哪裡。」

第9章

福星望著客運車窗外，腦中緩緩篩選各種選項，每個都很糟。抵達舊金山的客運站時，她還沒有下定決心。她看著時刻表，考慮要不要買票去佛雷斯諾……但她還沒準備好去見普莉希拉，也很可能永遠不會有準備好的一天。

問題是，萬一普莉希拉知道凱瑞的下落呢？她在意嗎？福星推開這個念頭。她必須勇往直前，放下被凱瑞拋棄的心痛，拋下所有讓她痛苦的過往。

然而，當她看著手中的客運時刻表，那些壓抑多年的名字依然襲上心頭。達拉，史蒂芬。她和爸爸離開她們家之後，福星很努力不想她們，永遠不想。爸爸怎麼會以為現在聯絡她們還有用？她們母女被他們傷得還不夠慘嗎？

她繼續研究時刻表，手指沿著一排站名移動，全都不行。最後她乾脆閉上眼睛伸手一指。她睜開眼睛，奧勒岡州貝克市。就是這裡了。

上車之前，她隨手買了一份《舊金山記事報》。只有一篇報導讓她想認真看：

年輕鴛鴦大盜逃離波伊西至今依然逍遙法外

愛達荷州高等法院法官針對此二人簽發逮捕令：愛蕾娜．凱登司，二十六歲；大衛．佛古森，三十歲。兩人涉嫌投資詐騙與洗錢罪行。

聯邦調查局也加入行動，據信這對男女涉及組織犯罪與敲詐勒索。數州的檢察機關進行聯合調查，包括紐約與加州……

福星呆望著白底黑字，直到眼前一片模糊。她依然記得那天在加油站凱瑞說過的話，他的聲音彷彿還在耳邊。凱瑞一直覺得很有趣，她總是以為能救贖自己。我不是為了救贖，我只是想幫助需要幫助的人。那天福星這麼回答，感覺像是上輩子的事了。真的嗎？她是真心真意想要**幫助**別人？倘若真是如此，那她選擇的方法也太奇怪。

她再次翻閱報紙。一則篇幅很小的文章報導樂透的事，標題寫著：依然無人出面領取數億彩金。中獎人尚有幾個月的時間，若超過期限仍不出現，彩金將重新納入……

福星放下報紙，從皮夾拿出彩券，動作非常緩慢、小心。邊緣已經起毛了，一邊裂開，她知道必須找個地方藏好，不能繼續受風吹雨打。然而，由於她必須不斷移動，這件事變得無比困難。

三億九千萬。

她允許自己考慮去領取。她翻背包找出筆記本和一支筆，這兩樣東西都來自百樂宮飯店傑瑞米的房間。第一步就是把錢還給她和凱瑞在愛達荷州詐騙的那些人。她開始列名單。一共有二十位客戶，她欠他們的錢總共幾百萬。如果能拿到彩金，她可以暗中歸還；她要彌補罪過。

她用筆點點筆記本。

她寫下：史蒂芬、達拉。她可以重新找到她們。他們父女撒了那麼多謊，遲早有一天她會設法償還。

她停頓一下，然後寫下：葛蘿莉雅。

她沒有欠媽媽錢……但福星要找到她，這是她欠自己的債。她下定決心一定要做到。不可能是今天，但遲早有一天。

等她終於成為媽媽會愛的那種人。

福星臨時決定不去貝克市了，改在途中一個小鎮下車，這個地方叫作小泉鎮，只有一家雜貨店、兩間教堂、零星住家，以及一間汽車旅館和卡車司機餐館，這兩棟建築連在一起，位在樹叢中間，眺望遠山。

她走向餐館，進門時留意到門上貼著徵人啟事，因為在客運上姿勢不變坐太久，她全身僵硬。她走進洗手間，洗了一把臉然後刷牙。她本來想整理頭髮，但鏡中人憔悴的模樣令她不忍直視。等一下再來決定身分吧。之前她把彩券放進信封收在牛仔褲前口袋裡，她特地確認依然在原位。

她點了晨間特餐，吃完之後慢慢喝咖啡，拖了很長的時間。餐館老闆是一對年長夫妻，名字分別是班森與亞琳。福星之所以知道，是因為每個客人都用名字稱呼他們。福星似乎是今天唯一的生面孔，就連路過的卡車司機也直接以名字稱呼和藹的老闆夫婦。

早餐尖峰時段過去了。班森與亞琳來幫她續杯咖啡，並且用焦慮的眼神偷瞄她。她看著桌面，終於想好了故事。她低頭走向櫃台。她要裝出緊張、不自在、有點害怕的樣子，一點也不難，因為現在她的心情就是這樣。「我叫露比，」她說，「露比．卡倫。我看到櫥窗上的徵人啟事，請問還需要人手嗎？」

「那張啟事貼了好幾年，」班森回答，「我們年紀大了，沒辦法大小事全部自己來，不過從來沒有人來應徵。鎮上人口太少了。」

「我是背包客，打算從西岸去東岸，但身上的錢用完了。我在餐廳工作過，經驗非常豐富。」這番話說得很自然，而且並非完全虛假，「你可以打去我以前工作的地方證實……但全都在加州。」

「長途電話太貴了，何必浪費錢？」老先生說。他深深注視她的雙眼，福星擔心他會突然驚覺看過這雙綠眸，薄荷軟糖的那種碧綠，罕見的眼睛顏色。但他的表情沒有變化，即使有，也是變得更親切。「嗯，這樣吧，午餐時段妳直接上工，我們看看妳的表現，好嗎？」他的笑容令人安心，她也報以微笑。老闆給她一件黃圍裙，她穿上之後捲起袖子，準備開工。

午餐人最多的時段大約兩小時，但一共也只有二十個客人。儘管如此，福星也得打起精神才能不出錯。她很久沒有在餐廳工作了，而且以前在餐廳她也不是服務生，不過她很快就抓到節奏，開始覺得有趣了。她站在桌邊研究客人，猜他們要點什麼，以此作為娛樂。她幾乎每次都猜對。一位卡車司機點了格外複雜的菜色，他問：「妳不用寫下來嗎？」

「我的記憶力很強。」福星說。她繼續幫兩位客人點餐，才去廚房傳達給班森，每一項都完全正確。

「妳真的很熟練，」他說，「要不要接著做晚餐時段？」

店裡經常沒客人，老夫妻會問一些關於她的事。

「那個，為什麼妳會決定要……怎麼說來著……背包客旅行？」

「我離婚了。結婚的時候沒發現那傢伙其實是個王八蛋。哎呀，抱歉，亞琳，我說話太粗魯。他很差勁，我必須離開。」福星停頓一下，讓這番話發酵，但她不得不轉開視線，不敢看他們信任的表情。她話中暗示遭受家暴，可能是因為恐懼而不得不逃離。想到她曾經面對的處境，兩位老人家一臉駭然。她下定決心要改過向善，沒想到一開始就破功。「我只是想要走上很長一段路，清除雜念。」

「妳一個年輕小姐，一個人徒步旅行或搭便車都太危險了，遲早會出事的。」班森說。

亞琳也皺起眉頭。「妳不可以繼續這樣，至少不能隨便搭便車。先在這裡待一陣子好嗎？住下來，工作幾天，仔細思考，想出一個合適的目的地，不要到處流浪。妳一定有可以去拜訪的親戚或朋友。跟他們約個時間，這樣萬一妳出事了，至少有人會知道。」

「我有幾個朋友。」福星撒謊，這個謊言讓她心很痛，「不過……要有電腦才能聯絡他們。」

「我們店裡沒有，不過圖書館應該有一兩台。」亞琳說，「要有借書證才能上網，妳可以用我或班森的。明天早上就去，早餐結束之後還有一段時間午餐才開始。」

時間已經八點了，晚餐時段的客人越來越少，幾乎沒有人再進來。福星的腳很痠，她站在櫃台前清點小費。鎮民並不大方，但多少會給。她賺到二十六元小費，加上老夫妻給的時薪，雖然不知道是多少。

「孩子，妳表現很好。」班森說。他放下手中的報紙，她瞥見一個標題：億萬大樂透頭獎——美國史上最高額彩金——頭獎在愛達荷州開出，依然無人領取。他交給她一把房間鑰匙。「妳住一〇六號房，」他說，「那裡的風景最好，窗外是樹林，不是停車場。不准說要給錢，妳想住多久都沒問題。」

福星當下決定絕不會偷這兩個好心陌生人的東西，頂多只帶走他們的仁慈。要偷他們的東西太簡單——但很惡劣。她也絕不會對店裡的顧客下手，雖然今天她考慮過無數次，要不要將那些卡車司機過路客的信用卡號碼記住再寫下來。

「謝謝。」她說，接受那把鑰匙。金屬在手中觸感冰涼，這就是她一直想要的：在一個可以安心入睡的地方，擁有自己的房間；而且不必強迫自己做討厭的事換取。

「一點小事而已，露比。明天早上見。」

幾天過去了，餐館的固定工作變得輕鬆愉快。現在福星知道這家店的所有大小事，從保險箱密碼到銀行帳戶密碼，以及亞琳與班森白天放皮夾的地方。知道這些只讓她覺得自己受到重視。

下午的時間她幾乎都會去圖書館。她建立了假的社交媒體檔案，然後輸入幾個人的名字搜尋。到處都找不到瑪麗索．雷耶斯，不過倒是有普莉希拉．勒闕斯。她有臉書，臉書上的資料帶福星去到佛雷斯諾一家收容中心的頁面，莫名可愛的「普莉希拉之家」商標讓福星光看就一肚子火。普莉希拉假裝已經洗心革面，藉此為掩護，天知道暗中又在搞什麼詐騙。福星花了一點時間點選收容中心的照片，越看越覺得一定有鬼。普莉希拉是個徹頭徹尾的詐欺犯，根據福星的經驗，那樣的人根本不可能改。不過她演得有聲有色，福星不得不佩服，她的確是高手。

凱瑞是她的徒弟，也是高手。

福星離開普莉希拉之家的頁面，在搜索欄輸入另一個名字：「達拉．迪克森」。一個私人帳號出現，達拉滿臉笑容，抱著一個幼兒。福星瞇眼看，但照片太小，很難看清楚。她輸入「史蒂芬妮．迪克森」，她的頁面一樣是私人帳號，不過她的個人資料裡有一家公司的連結。福星點進去看；史蒂芬妮．迪克森—卡爾，房屋仲介。現在她已經不住在貝爾維尤了，而是西雅圖。

福星記得史蒂芬想當獸醫。這個史蒂芬妮是老友長大之後的版本，她一無所知，毫無了解。照片裡這個女人是全然的陌生人。

福星拿出筆記本記下一些資料，隨後登出。既然史蒂芬妮是個陌生人，那麼要面對她就容易多了——如果福星決定去找她。

福星告訴亞琳和班森她準備離開了。「妳要去哪裡？」班森問，表情有些難過，「前幾天妳說有個朋友住在貝爾維尤，妳要去找她？」

「對，」福星說，「現在她住在西雅圖。我要去找她。」

「噢，太好了，」亞琳說，「我和班森還在擔心接下來妳不知道要去哪……不過既然妳要去找朋友，那就沒問題了。一定要保持聯絡喔。萬一那個朋友沒辦法幫忙，妳就立刻回來。」

最後一天，福星準備離開時，亞琳多塞了一張百元鈔在她手裡，低聲叮嚀要她保重。福星差點把錢塞回去……但她實在太需要錢了。

她跟他們要聯絡地址，接著仔細寫在償還清單上。

「我一定會聯絡你們，」她承諾，「等到一切都變好那天。我保證。」

她離開餐館去等客運。

六個小時後，福星抵達西雅圖，時間接近傍晚。她找到一家寄賣二手衣的商店，慎重挑選服裝：黑長褲、略帶金屬色澤的柔軟平底鞋，手拿小包取代腰包。她也找到一家道具服裝店，買了角膜變色隱形眼鏡，選了藍色。她的眼睛依然很獨特，但完全不一樣。前往要去的那棟房子途中，她將背包藏在街邊的灌木叢裡。樂透彩券小心黏在上衣內側。她將備用證件與身上的一點錢分別放進口袋、胸罩、皮包。就算背包被偷也無所謂，但她希望不會。

她走向那棟房子，停下腳步站在門前。萬一史蒂芬一眼就認出她，看穿她假扮看房客人的偽裝，那該怎麼辦？隱形眼鏡讓眼睛刺痛，福星眨了幾下眼睛。她走上台階、進入大門。

有幾對夫妻帶著孩子在裡面參觀，福星準備脫鞋子。

「沒關係，可以穿進來。」

福星抬頭看眼前的女人，俐落的棕色鮑伯頭，滿臉笑容表示歡迎。她和福星握了握手，「我是房仲史蒂芬妮。」

「嗨，史蒂芬妮，」福星說，「真高興認識妳，這棟房子很漂亮。」她迅速轉身背對她，心跳又快又重。

「沒錯，」史蒂芬妮在她身後說，「請慢慢參觀。我先去整裡一下東西。」

「謝謝。」福星在一樓隨便遊蕩，想著這棟房子很像小時候史蒂芬的家，只是更高級一點。長大的史蒂芬妮走進廚房，腳下的平底鞋——很像福星穿的那雙——踩在仿木紋磁磚地上發出輕柔聲響（根據福星手中的宣傳資料，地板有地暖系統）。福星走到窗前，心跳依然飛快。

她聽見另一個房間傳來手機鈴聲，接著是史蒂芬妮的聲音。「嗨，媽。真的嗎？他好可愛。嗯，大約半小時，只剩最後一位了。」

福星彷彿在地上生了根。

腳步聲從身後接近。福星轉身，擠出笑容。

「要不要我帶妳參觀二樓，仔細介紹一下？」

「好啊，」福星說，「那就麻煩妳了。」

到了二樓，她們站在一間臥房門口。

「很可愛吧？我小時候的房間就像這樣。」史蒂芬妮說。

「對，」福星說。她清清嗓子，「我的意思是，我可以想像。每個小女生都會愛死這個房間。」她很想知道，這張床是不是也是子母床，可以拉出另一個床墊，讓情同姊妹的好友睡。她走到床邊，沿著光滑木床架摸索，終於找到了把手。「我女兒一定會喜歡。」福星說。她站直，邁開腳步離開回憶。

福星走到房間另一頭站在窗前，假裝在看後院的風景。

「妳有幾個孩子？」

「兩個。女兒四歲，兒子五歲。」說出這句謊話時，福星的聲音顫抖，她一手本能地按住腹部。在波伊西，有兩個月的時間，福星懷著凱瑞的寶寶，那時她的手經常做這個動作。這次她盡可能不去想失去的寶寶，但是假扮母親撕開了舊傷口。她勉強再次擠出笑容。

「真好，一百分的家庭。我有一個兒子，但我們正在努力想再生一個。」

「是啊。」福星轉身離開窗戶，整裡好情緒。「我想生第三胎，但假如真的有了，我媽一定會搬出去，我還指望她幫忙帶孩子呢。」

「噢，真是**太棒了**，」史蒂芬妮說，「我媽還在上班，所以白天不能幫我帶孩子……

不過我先生在忙的時候，她也會幫忙顧一下，今晚就是這樣。」

福星好想問為什麼達拉還在上班。以前她們非常有錢，她回想從前她們家的房子、車子，驚覺她們家沒有富有到可以一輩子不工作，尤其還有個詐欺犯騙走一大筆錢之後揚長而去。

福星清清嗓子。「這裡有幾間臥室？」

「三間，外加一間辦公室。來，我帶妳去看。」

史蒂芬帶福星沿著走道前進，停在一間臥房外面。這個房間的油漆是深藍色，以電光綠作重點裝飾，牆上掛著美式足球隊錦旗。

「我兒子會愛死！」福星說。之前的心痛退去，她集中精神編故事。「他是海鷹隊(註)的超級球迷。」

從史蒂芬妮的笑容中，福星看到當年的女孩。「我拚命遊說屋主重漆這個房間，顏色太深了，但他們不肯。他們說只要找到對的人就沒問題。」

「可以看一下主臥嗎？」

譯註：海鷹隊（Seahawks），位於西雅圖的美式足球職業隊，球隊顏色為藍色、海軍藍、綠色、白色。

史蒂芬妮往前走，一邊介紹臥房裡全新的北非柏柏爾（註）地毯、硬木裝潢、壁燈。福星看得出來她很興奮，以為找到了最適合這棟房子的完美買家。夠了，福星什麼都沒有為她做——現在還不行。

「那個，」福星說，「這棟房子非常棒……不過我突然發現該走了。時間很晚了，我媽今天去上游泳課，所以拜託朋友照顧孩子，我得去接他們。我一直很喜歡這棟房子，看到出售的牌子我一下子昏了頭。妳說得沒錯，真的是命中注定。我想再來看一次，可是現在……我真的該走了。」

「命中注定？」史蒂芬妮歪頭，「我說過嗎？」

福星倒退離開主臥。「我再聯絡妳。下次我會帶老公小孩一起來看，很快就會再來，謝謝妳花時間帶我參觀，拜。」

譯註：柏柏爾（Berber）北非的部落民族，主要集中在摩洛哥與阿爾及利亞。

一九九九年一月
加州，索薩利多鎮

福星滿十七歲那年，爸爸在棕櫚泉市參加跨年夜撲克大賽，贏了一艘船屋。船停靠在索薩利多，當福星父女去到那裡才發現那艘船非常老舊，是卡塔莉娜造船公司出品的三十五英尺居住式帆船，根本不算什麼大獎：這艘船無法出海。

「至少我們有個遮風避雨的地方。」約翰說。他爬下樓梯，進入甲板下的起居區，將大背包放在廚房桌上。桌子的一邊有一個長椅，後面則是置物架。餐桌上方掛著造型像燈籠的吊燈，長椅下面藏著生鏽的保冷箱；小小的洗碗槽不能用，另外也有單口電爐和電水壺。臥房是個甲板下的艙房，小圓窗會漏水，兩個有軟墊的固定式窄床，霉從軟墊縫隙往上爬。

福星看看四周，心情低落了一些。這個房間不只破爛寒酸，而且毫無隱私；現在她已經快要成年了，越來越重視隱私。

有人在相隔幾艘船的地方說話：「你該不會把紅酒開瓶器忘在家裡吧？」

家。爸爸上去甲板；福星打開背包，把書放在廚房的架子上。最後一本也放好之後，她把手伸進包包最裡面。爸爸探頭進門，她迅速拉上背包拉鍊。

「太陽下山了，」他說，「夕陽很美，只是有點涼。記得穿厚一點。」

「我馬上過去。」她把背包放在其中一張床上，但沒有繼續整理。

她去到甲板上，爸爸轉身對她說：「ㄚ頭，房間妳一個人用吧。我可以睡在廚房的長椅上，天氣暖的時候也可以睡甲板。妳長大了，我知道妳需要多一點隱私。」

「沒關係。」福星說。

「當然有關係，讓我為妳犧牲一下嘛。」

「爸，**真的**沒關係啦。」

他沒有繼續說下去，只是眺望舊金山灣。許久之後，他說：「說不定就是這裡了。」現在的水面一片銀白，天空呈現憂鬱深藍，裝飾著過度鮮豔的粉紅條紋。海灣邊停靠著一整排船屋，五彩繽紛擠在一起。福星低頭看著拍打船側的波浪，她好像看到一隻海獅游過，露出牙齒對她笑了一下，又潛入水中。她嗅到烤肉的香氣，隔著幾艘船有人在輕聲歡笑。說不定就是這裡了。

「雖然這不是我承諾會給妳的夢幻家園，不過也還不錯啦，對吧？」

「爸，這裡非常好。」

一艘帆船從旁邊經過，駛進碼頭停泊。她聽見一個小孩大喊：「媽媽！」

為什麼我的眼睛這麼綠、頭髮這麼紅？我的媽媽是誰？我的媽媽在哪裡？福星經常問自己這些問題，但她再也不會說出口，因為爸爸不會回答。福星觀察過世上的許多母女，她明白雖然不見得總是如此，但媽媽往往是溫柔、安全、美麗的人。她沒有，因此渴望到心痛。

她想著藏在背包底下那些偷來的東西：CD 隨身聽、時髦手錶、幾副垂墜耳環。為什麼要藏起來不讓爸爸看到？他知道她會偷東西；他不在乎。但這些東西感覺只屬於她一個人，她不希望爸爸看見她真正想成為怎樣的人。

她還隱瞞了其他事，但現在該讓他知道了……

「除了我們住在……住在貝爾維尤的那段時間，我很多年沒有去上學，」福星說，「但我一直在讀書，努力趕上程度。我想確認我的程度究竟到哪裡。所以我想考高中同等學力測驗；如果成績不錯，那我想考學科能力測驗 SAT。然後……我想申請大學。」

爸爸緩緩點頭，他似乎並不驚訝。「妳已經全都考慮過了。」

「最近我一直在思考這件事。」

「我知道妳在背包裡藏了東西，看來是很多書。」

「對。」她撒謊。

「這件事妳不必瞞著我。我懂，沒問題。我會想辦法，妳專心讀書就好。」

「我還是可以在碼頭上擺攤算塔羅牌。一週一天？」

「不、不，那只是小錢。如果妳要上大學，那我就需要賺大錢。不過妳不必煩惱這些，我說了，我會想辦法。」

她不敢相信竟然如此輕鬆。她還以為他一定會拒絕，擺出一臉傷心的模樣，說她不能就這樣和他拆夥。不過他似乎不介意。現在她要邁開腳步，走上自己的道路，成為正常人、擁有正常的人生。換言之，她要讀書、上學，拿到文憑、找到工作。

爸爸在小小的甲板上轉了一小圈。「我感覺這個地方充滿潛力。」他說。

難得一次，福星由衷贊同。

約翰在一家海鮮餐廳找到工作，那家餐廳名叫「沙吧」，是當地的地標，坐落在沙灘上，附近到處都是牡蠣殼，有如破碎丟棄的珠寶。他謊稱名叫強尼．史達，年輕的時候曾經想當演員——不難相信，他長得很帥，即使他的衣服老舊，但長相卻不曾隨歲月老去。一個很親的叔叔過世了，遺留一艘船給他，於是他帶著女兒愛蕾娜從洛杉磯搬來這裡，想過平靜的生活。

現在還是淡季，但餐廳有固定客群，都是公司高層與地方政客。約翰告訴福星餐廳很有賺頭。根據福星的判斷，他說的應該只是小費而已。他終於有了真正的工作。她穿著好幾層厚上衣坐在他們那艘船的甲板上讀書，他出門去上班。或許他說得沒錯，說不定**就是**這裡了。他們的家。

後來回想起來，那是她人生中最幸福的一段時光。

晚上爸爸回家時會帶餐廳的餐點回來，大多是三明治、歐姆蛋、薯條、沙拉，但有時也會出現大蝦、蟹餅，奶油萵苣的葉子下面藏著一堆清蒸花蛤，或是堆成三角形的義大利麵上擺著一顆奢華的香煎干貝。他們吃飯時他清點小費，然後將錢收進密碼箱，藏在床底下。她知道那些錢不夠支付大學的學費。

「我來申請獎學金好了。」她考慮。

「妳只要好好讀書通過測驗就好，其他事交給我。」

「爸，我想幫忙。我覺得很不自在，我也不可能一天二十四小時都在讀書。不然我去餐廳打幾天工好了，他們需不需要帶位小姐？」

天氣越來越熱，餐廳也越來越忙。約翰同意了，多一點收入確實有幫助。他去找老闆商量，幫福星安排一週上班兩天，負責帶位，客人離開之後協助清潔人員整理桌面。

一天午後，福星父女都在餐廳上班，一位容貌美豔、衣著高雅的女士進來用餐，黑髮紮成一絲不苟的法式髮髻。她帶著一名少女，與福星年齡相仿，感覺彆扭又害羞，雙手插在口袋裡，磨損的戰鬥靴撥弄門口的踏墊。

「我要八號桌，」那位女士對福星說，「靠窗那張桌子。」福星覺得很煩，但餐廳老闆說客人永遠是對的——反正八號桌沒人。那是爸爸負責的區域。福星帶兩位客人入座之後，對爸爸翻個白眼，他聳肩微笑。

幾個小時過後，午餐尖峰時段早已過去，那兩個客人還沒走。少女望著窗外，顯然覺得無聊。約翰站在桌邊比手畫腳講話，那位女士笑得花枝亂顫。

他們回到船屋後，爸爸清點小費，福星抱著外帶紙盒大吃有點受潮的炸蛤蜊。爸爸說：「我找到了另一份工作。」

「今天來店裡的可怕女人？」

「她哪裡可怕？」

福星聳肩。「說不上來，我總覺得她很沒禮貌。」

「她的名字叫普莉希拉．勒闕斯。和她一起來的那個人是她的合夥人，瑪麗索．雷耶斯。」

「合夥人？我以為是她女兒。」

「不是，她們一起工作。」

「什麼工作？」

「類似電訪中心。感覺很好賺，未來很有成長空間。」

「合法嗎？」

他沒有回答這個問題。「她們想找一個人幫忙管理。可以賺很多錢，佣金很高。」

幾週後，爸爸幫普莉希拉和瑪麗索做事的時間越來越長。他稱呼瑪麗索為「雷耶斯」，把她當成年紀差很多的妹妹或第二個女兒。普莉希拉租了一間辦公室，爸爸只告訴她「在市中心」，每次福星問他到底在為普莉希拉做什麼，他都很不願意說。福星和爸爸曾經是搭檔，現在她經常覺得他們是陌生人。她整天獨自在船上讀書，不然就是坐在沙灘上，依然埋首書中。

三月初的時候，有一天約翰回家時給她一堆文件：出生證明、護照、社會安全卡，名字全都是愛蕾娜・凱登斯。

「丫頭，現在妳真的是這個人了。愛蕾娜・凱登斯，不錯吧？妳可以用這些證件報考同等學力測驗、學科能力測驗，也可以申請大學。開心嗎？」

「你怎麼弄來的？」

「普莉希拉幫忙，她真的很好心。」

福星確認出生證明，翻了一下護照。一下子想到太多可以做的事，她有些頭暈：不只是上學，不只是大學——她可以出國。有了這些證件，她想去哪裡都可以，想做什麼都沒問題。「爸，我……不知道該說什麼。」

「啊，那就從謝謝開始吧。」

「謝謝。」她說。不過她也有很多疑問。你到底在那家「電訪中心」幫她做什麼？為什麼每次她來這裡找你「開會」，你都叫我去別的地方？為什麼雷耶斯從來不看我的眼睛？

她從來沒有開口問。有一天，她將因此感到悔恨。

福星通過高中同等學力測驗，接著開始讀書準備考學科能力測驗。天氣越來越熱，這也代表福星的時間越來越少：她必須在一個月內通過測驗並且申請大學。她從船屋附近的一個小攤子偷了一套比基尼，經常帶著書和大毛巾去沙灘上。加州陽光讓她的膚色變成金黃；紅髮稍微變淡，效果像挑染一樣。現在她的頭髮很長了，幾乎及腰。

有一天晚上，爸爸對她說：「雷耶斯說妳每次去沙灘都有很多人看妳。」

「什麼？雷耶斯在監視我？」

「我請她幫忙顧著妳。她在街頭混過，知道要注意哪些狀況。福星，妳該對她好一點，多聽她的話。」

「聽她的話？什麼時候？我根本沒有見到她。你和她工作的時候都把我趕走，你和她、普莉希拉一起開會的時候，一樣把我趕走。你還有去餐廳上班嗎？」

「一星期兩次。」

「爸，我都快不認識你了，搞不好雷耶斯比我更了解你。」

爸爸嘆息。「不要嫉妒。」

「我為什麼要**嫉妒**？」

「她不是壞孩子，只是人生有太多磨難。只要妳給她機會，我相信妳和雷耶斯可以變成好朋友。」

除了史蒂芬之外，福星從來沒交過真正的朋友，而她和史蒂芬的友誼也是假的。她告訴自己等上大學就好了，愛蕾娜．凱登斯會有很多、很多朋友。

福星的學科能力測驗考了一六〇〇分，她及時填完大學申請書。

「妳的分數這麼高，想上哪家大學都沒問題。」爸爸說，但他的語氣很緊張。密碼箱裡存了不少錢，但遠遠不夠。「妳想去哪家？」

「我們還是留在這裡好了，繼續在這裡生活，」福星說，「這樣比較務實。」她轉開視線，不看爸爸如釋重負的表情，盡量不去想那幾家她真正想申請的學校，「舊金山大學搭公車半小時就能到，那裡的管理學院有會計系，我想做這行。」

「妳想當**會計師**？可是妳那麼喜歡書，妳愛閱讀，妳想做什麼都可以，這個世界上沒有妳不能走的路。妳真的要選會計？會計是……」他沒說完。

「無聊的工作？無聊的生涯道路？你有沒有想過無聊和安定就是我想要的？更何況，我愛數字，我喜歡那種……可以預期的感覺。」

「我不知道原來妳是這樣的人。」

「最近我們很少說話。」

做這些正常的事——申請大學、獲得入學許可、準備入學——帶給福星前所未有的深刻滿足，讓她感到十分平靜。她眼前展開一份未來地圖，就像小時候經常做的那樣，看著地圖決定下一站要去哪裡。但現在不一樣了，現在這條路在她的掌握中。上大學，取得成為會計師所需的各種證照，自己開業或去大型事務所上班——她有計畫，難得一次，不需要詐騙。

六月，福星穿上比基尼，拿出CD隨身聽、戴上耳機。龐克樂團「比基尼殺戮」（註）吶喊著男人都是騙子。她將一張二十元鈔票塞進牛仔短褲口袋，拿了一本書離開船屋走下碼頭。不用去餐廳打工的日子，她每天都固定這麼做。她不必準備考試了，沒有別的事可做。

譯註：「比基尼殺戮」（Bikini Kill），一九九〇年代成立之女性龐克樂團，提倡暴女運動（Riot Grrl，一種地下龐克風格，將龐克融入女性主義），以其激進的女性主義歌詞和充滿激情的演出而知名。

這天她坐著閱讀的時候，一群青少年吸引她的視線。經常有年輕人呼朋引伴來碼頭打發時間，有些人太常出現，變成熟面孔；其中一群更是格外特別，總是能引起她的注意。他們衣著昂貴，用的東西和飾品也都很高級，但他們的態度卻好像那些都只是稀鬆平常的東西，福星盡量不羨慕。

那群人當中有個男生特別帥，膚色曬得很好看，棕髮被加州陽光曬出一條條淺色。他和朋友通常是六個人，有時會有七個，有男有女，初夏這陣子他們幾乎每天都會出現。只有他會往她這邊看；他看著她的時候，她終於明白心跳漏了一拍是什麼感覺。

今天，他對她微笑，她害羞了，把臉藏在正在讀的露西雅．柏林(註1)短篇小說集後面，但她立刻後悔了。要是能成為他那群朋友中的女生，會是什麼感覺？

但她**不是**。首先，她們都很嬌小，但她太高了。她們全都是金髮；雖然因為常曬太陽她的頭髮褪色不少，但依然是紅色，而且太鬈。她們俏麗的臉龐總是掛著笑容，她幾乎從來不笑。全身上下，她只喜歡自己的眼睛，翡翠綠，她從來沒在別人臉上看過這樣的眼睛。她身體的其他部分感覺都太大；鼻子太凸、嘴巴太寬、身高太高，就連腳也又大又怪。

那群人裡的女生都穿坦克背心，白色、粉彩色、螢光色；抽鬚牛仔短褲搭配 Keds 帆布鞋不穿襪子，鞋子的顏色搭配上衣。福星的短褲是長褲剪短的，邊緣像狗啃的一樣，泳裝外面套上一件二手店買的T恤。

那個男孩本身感覺也很特別，她無法確切指出特別在哪裡。他八成住在諾布山的豪宅，擁有完美的家庭，爸爸、媽媽，幾個兄弟姊妹。儘管如此，她依然有種莫名的親切感。

她去洗手間，出來時再次經過他和那群朋友。現在他手裡拿著一個甜筒。福星從太陽眼鏡後面偷看他；他放慢腳步，一個女生企圖偷舔他的冰淇淋，他笑著躲開。福星移開視線繼續往前走，但在最後一秒，她轉進知名冰淇淋老店Lappert's，因為難得一次沒有人排隊。

她走進店裡，無法決定要哪種口味：夏威夷海鹽焦糖？哈納路（註2）？馬尼拉芒果？櫃台後面的店員問她要哪種。

譯註1：露西雅．柏林（Lucia Berlin），美國短篇小說家（一九三六～二〇〇四），生前沒沒無名，二〇一五年短篇小說集《清潔女工手記》（*A Manual for Cleaning Women*）出版後才獲得重視。

譯註2：哈納路（Hana Road），夏威夷茂宜島（Maui）的一條環島公路，以景色優美聞名。這個口味的冰淇淋則是巧克力加夏威夷豆。

「呃……」

那個男生突然出現在她身邊，滿臉笑容。她聽見自己說：「一杯冰咖啡就好，謝謝。」

「冰咖啡？真的？」他問，「每天我都看到妳從這裡經過，妳從來不進來，但我看得出來妳很想。現在妳終於進來了，竟然只要冰咖啡？」

「我不太——」

「考艾派（註1），」他對店員說，「她要這個。」

「我不喜歡椰子。」福星說。

「那就可娜（註2）摩卡巧克力脆片，裡面也有咖啡。」他自己也再點了一球，結帳時連她的一起付。他伸長手拿著兩個甜筒帶她走出店外。

看到他和福星一起走出來，剛才想偷舔冰淇淋的那個女生笑容盡失，而其他人只是好奇地看著她。

他將甜筒交給福星。她訥訥地說：「謝謝。」

「不客氣，妳是……」他沒說完，一臉期待地看著她。她領悟到應該告訴他名字。

「福——」她急忙停住，「愛蕾娜。」她無力地說，覺得很尷尬。

「不客氣，福——愛蕾娜。」那個男生說，揚起一邊嘴角，吃了一口冰淇淋。「我是艾力克斯。」

他的一個朋友戴海軍藍棒球帽，帽沿壓低遮住臉，說：「你終於和她說話了。」

福星臉紅了。

「只有愛蕾娜。」她說，現在臉頰徹底著了火。

「愛蕾娜，妳今晚有空嗎？」

福星發現那個女生的表情越來越臭。福星轉開視線，看著請她吃冰淇淋的帥氣男生，她用餐巾紙擦擦手，以最淡然的動作聳肩。

「不一定。」她說。

「懸崖那裡有營火派對。我們會去，妳也來吧？」

福星不確定該幾點去營火派對。她不想太早到，於是她看書到九點，那天晚上爸爸

譯註1：考艾（Kauai），夏威夷的一座島，考艾派口味則是椰子、巧克力、夏威夷豆。

譯註2：可娜（Kona），夏威夷州夏威夷大島上的一個地區，以可娜咖啡聞名。

去餐廳上班了，於是她簡單寫了張字條，說明她交了幾個朋友，約好要一起去沙灘。

她沿著白天的同一條路過去。黑暗中，她聽見有人彈吉他，柔和的歌聲唱著一切都將破滅。她看到營火了，火光讓後面的崖壁顯得巨大陰森，附近的沙和波浪被火光照亮。福星走過去。艾力克斯原本坐在一個矮岩壁上，一看到她立刻跳起來。剛才自彈自唱的人就是他。

他把吉他靠在岩壁放好，過來迎接她，手中端著一個紅杯子。「嗨，妳來啦。」他的笑容照亮黑夜，比營火更明亮。「來，喝喝看這個。我們已經先開喝了。」白天見到的那群人全都在；他們微笑、點頭，但沒有過來。

「這是什麼？」

他聳肩。「不知道。」在黑暗中他看起來比較成熟。她很想知道他幾歲，他會不會嫌十七歲太小。她接過杯子，喝了一小口，她很想吐出來也很想咳嗽，但硬是忍住。那個味道很像調油漆的溶劑；雖然加了葡萄汁，但還是很難喝。他們望著營火，默默坐著片刻。他們輪流喝那杯東西，最後終於喝完了，艾力克斯問她要不要去沙灘散步。

「好啊。」她說。她站起來時覺得有點暈，但他似乎完全不受酒精影響。她從來沒有喝醉過，連微醺也沒有。她這個年紀的青少年應該有很多這樣的體驗，但這是她第一次參加派對。她經常覺得自己格格不入，但今晚這種感受更為強烈。所有人都隨著相同的節拍起舞，只有她一個人跳錯拍子。

不過艾力克斯似乎沒有察覺。「妳來這裡度假嗎？」他問她，「我經常看到妳在沙灘上，但總是一個人。妳好像在這裡待一段時間了。」

他一直在注意她？她覺得受寵若驚，也很緊張。

「噢，呃，嗯，我和爸爸來的，我們住在海灣的一艘船上。」

他斜斜看她一眼。「噢，是喔？好酷。妳喜歡嗎？」

「很不一樣。」

「和什麼很不一樣？」

「和我以前住過的地方很不一樣。」

「妳以前住在哪裡？」

「很多地方，」她說，「我爸是……推銷員。我們會在這裡停留一段時間。秋天我要開始就讀舊金山大學。」

「好酷！那所大學很棒。」

「你也是大學生？」

「目前暫時休學。」

兩人在黑暗中漫步，他伸手牽她的手。他的掌心溫暖乾燥，她擔心自己的手會因為緊張而汗濕發熱。「妳打算在舊金山大學主修什麼？」他問。

「商管，會計。」她說，突然驚覺這個科系實在太平庸，不禁感到彆扭。

但他捏捏她的手說：「我喜歡數字。」

她不由自主回捏。「數字永遠可靠。」她說，旋即大笑，「老天，只有書呆子才會說這種話吧？」

「看來我喜歡書呆子呢，」他說，「尤其是漂亮又神祕的書呆子。愛蕾娜，我非常喜歡數字。數字可以預期，而生命中有太多無法預期的事。」

她第一次感覺有人真正看見自己，那種歡喜讓她感覺飄飄欲仙。他們手牽手往前走。與另一個人牽手，這麼簡單的動作卻有如此深刻的情感，兩個人竟然如此輕鬆就能心意相通，不須言語，她感到非常驚訝。想必他牽過手的對象應該不下幾十個，但對她而言這卻是初體驗。

很快他們到了海灣，沙吧餐廳就在附近。那種溫暖幸福的感覺消散，福星拉拉艾力克斯的手要他停下。她不想撞見爸爸。這一刻屬於她，只屬於她一個人——爸爸會問太多問題，她不知道該如何回答，也不想回答。他是誰？從哪裡來的？妳確定能信任他？

「我們往回走好了。」她說。艾力克斯低頭看著她，神情難以解讀。

「也好。」他說，拉著她離開小徑走到暗處。他凝視她的雙眼，舉起一隻手捧著她的臉頰，彷彿她的臉珍貴又嬌弱。他彎腰靠近，越來越近，最後只剩下一件事——

在黑暗中，兩人的唇相貼。她沒有朋友，沒有人和她研究初吻的感受，該怎麼做、怎麼仰頭，但現在無所謂了。最初的幾秒過後，一切都無所謂了，感覺就好像她一輩子都在做這件事。她對他的了解不多，但她願意慢慢挖掘。她覺得自己好像書裡的主角，他是她的約翰．桑頓（註1），她的亨利．提爾尼（註2），她的加百列．歐克（註3）。她的人生即將改變。

譯註1：約翰．桑頓（John Thornton），美國作家傑克．倫敦（Jack London，一八七六～一九一六）的小說《野性的呼喚》（*The Call of the Wild*）中的角色。

譯註2：亨利．提爾尼（Henry Tilney），英國小說家珍．奧斯汀（Jane Austen，一七七五～一八一七）的小說《諾桑覺寺》（*Northanger Abbey*）中的角色。

譯註3：加百列．歐克（Gabriel Oak），英國作家湯瑪士．哈代（Thomas Hardy，一八四〇～一九二八）的小說《遠離塵囂》（*Far from the Madding Crowd*）中的角色。

第10章

福星站在西雅圖灰狗巴士車站外的公共電話前。現在她的頭髮是金色；她在洗手間漂白頭髮之後剪得更短了。她打去查號台找位在紐約州的戴佛如營區。她將電話號碼寫在手上，再投幾枚二毛五分錢硬幣進電話機，撥打那個號碼，腎上腺素在她全身亂竄。撥號音響了幾下，一個聲音很粗的男人接聽。「戴佛如營區，找誰？」

福星沒有說話。

「喂？喂？」

「葛蘿莉雅在嗎？」她好不容易發出聲音。

「等一下。」

那個人放下話筒，背景傳來悶悶的說話聲，一些搬動東西的聲音，接著那個男人大喊：「葛蘿莉雅，妳的電話！」

開始下雨了。外面的世界有如一幅油畫，用上深深淺淺的各種灰，偶爾出現一絲色彩；西雅圖市公車的紫色與金色塗裝，一棵樹的綠葉，匆匆走過的女子穿著海軍藍防水外套，撐著紅傘。

「喂？請問有什麼事？」

福星沒有說話。

「喂——？」

福星將聽筒按在耳朵上，因為太用力弄得很痛；因為太貼近耳朵，葛蘿莉雅用力掛斷電話時，也讓她很痛。福星皺起臉來，將話筒掛回去，離開電話亭。她站在雨中，希望能有靈感。既然她還沒準備好聯絡媽媽，那麼接下來該怎麼辦？該去哪裡？

她走了一陣子，最後鑽進一家咖啡店。兩位警察坐在角落靠窗的位子。她進去時，其中一個對上她的眼睛，她強迫自己笑一下，要是因為心虛而移開視線，反而會引起注意。

她排隊買了小杯咖啡，外帶離開咖啡店。她出去時警察連頭都沒抬，她內心的恐慌消退。她逐漸習慣這種持續恐懼的狀態。她走在路上，運動上衣被雨打濕，貼在內側的樂透彩券摩擦她的皮膚。彩券讓她感到安心，彩金絕對能給她不同的未來。她看到二手書店的招牌，停下腳步，一時衝動鑽進去——熟悉的氣味撲面而來：蒙塵書頁與塞滿書的書架。眼前的書籍有如失聯多年的老友。

她走到小說區，伸出一隻手指沿著熟悉的書脊移動，最後來到法國文學區。她的視線掃過書脊：卡繆、科萊特、莒哈絲（註1）、雨果——《悲慘世界》。她從書架拿下那本書。她小時候讀過一部分，但和爸爸一起搬去史蒂芬和達拉的家時，沒有一起帶去。這本是精裝版，要價十元，超出她能負擔的範圍。她大可以塞進上衣裡偷走，老闆在另一條走道上架。但她沒有偷，她走到收銀台前，按一下小鈴叫老闆，付錢。她把書藏在上衣裡，貼身抱著走回客運站。

「佛雷斯諾，一張票，謝謝。」她對售票員說。她終於下定了決心——主要是因為她別無選擇。上車之後，她拿出書來讀。她能夠理解尚萬強，知道他如何融入不同的身分。她知道他只是虛構人物，但她閱讀時依然因此感到不那麼孤單。她一直覺得無論對自己還是對遇見的人，她都是個陌生人，尚萬強的故事稍微減輕了這種感受。

幾個小時後，她望向車窗外。客運快要進入加州了；車子快速駛過時，她看到路旁的牌子。她望著車窗上的倒影，慢慢改變姿勢。她決定用珍恩（註2）這個名字。她一直住在洛杉磯，靠寫劇本為生，但是她被朋友連累，財務與夢想同時破滅。過去一年，她逐漸失去一切，最後流落街頭。她從沒想過自己會淪落至此。有一陣子她在聖塔蒙妮卡的海灘過夜，但感覺很不安全。另一個無家的女人——她不記得她的名字了——告訴她普莉希拉之家這個地方，她靠乞討存錢買客運車票來到這裡，想找個棲身之地。她不打算告訴普莉希拉她的真實身分。她戴著角膜變色隱形眼鏡，頭髮剪短、漂成金色。她會改變音調、姿勢，盡可能讓自己變成不一樣的人。或許行不通——爸爸可能已經打電話通知她會來。但她想盡力試試。她不能就這樣走進去表明身分。

天黑了，她肚子很餓，全身僵硬，但她沒有可以填飽肚子的東西。她用拇指摸摸貼在上衣內側的彩券，思考這張小紙片有多重要。這筆錢能讓她過得多好、維持多久，前提是她必須設法領取，而且不被抓去關。獲准入住收容中心之前，可能要先搜身確認她有沒有攜帶毒品或其他違禁品。她的手離開彩券。這只是一張紙——現在卻是她的一切。她必須好好保護。她想到一個好主意。

譯註1：卡繆（Albert Camus，一九一三～一九六〇），法國小說家、哲學家、戲劇家、評論家，於一九五七年獲得諾貝爾文學獎。科萊特（Sidonie-Gabrielle Colette，一八七三～一九五四），法國二十世紀上半葉的作家，於一九四八年獲得諾貝爾文學獎提名。莒哈斯（Marguerite Duras，一九一四～一九九六），法國作家、劇作家、編劇、實驗電影導演。

譯註2：這個名字與《悲慘世界》男主角尚萬強名字中的「尚」（Jean）拼寫方法相同。

「我想租一個五乘五的。」福星對倉儲出租公司的櫃台人員說。他是個年輕人，坐在櫃台玻璃牆後面。她將莎拉．阿姆斯壯的雙證件交給他；他只隨便掃了一眼，就將駕照與社會安全卡歸還，給她一份夾在板子上的表格填寫資料。

「我在報紙上看到你們現在有優惠。」她說。她不知道有沒有優惠，但猜測應該有。爸爸教過她，**永遠**有優惠，不問就太傻了。

「好。第一個月二十一元，加上十元的服務費。」

「沒問題。我只需要租一個月。門是用密碼吧？不是鑰匙？」

「沒錯。」

「一週七天、二十四小時都可以用密碼開門？」

「沒錯。」

「好，太好了。我剛從男朋友家搬出來，還沒找到新住處，所以需要先找個地方放東西。」福星剛才先繞去後面，從垃圾子母車拿出兩個箱子，塞進別人丟棄的東西：書籍、衣物、文件、破餐具、一套百科全書。她把箱子放在門外。

年輕人只是點點頭，一點也不想知道她的遭遇。「付現還是刷卡？」他問。

「付現。」她說，將兩張二十元塞進窗口，等對方找零。現在她正式破產了。她填好表格，趁年輕人將資料輸入電腦時偷走筆。他將印著密碼的紙張從玻璃底下滑給她。「四十四號，在二樓，」他說，「打烊的時候用同一個的密碼可以進來。」

「知道了，謝謝。」

她將第一個箱子搬上二樓，再搬第二個上去，用密碼開門之後走進去。她站著不動，觀察四周。一隻馬陸從箱子後面跑出來，嚇了她一跳。她由上往下掃視空空的倉庫。那裡——她的頭頂上有個消防警報器。煙霧警報器外面加裝了金屬保護罩，她用一個箱子墊腳，手指伸進保護罩，拆開塑膠殼，將摺好的彩券塞進去。藏好下來之後，她拿出剛才在櫃台偷的筆，將密碼寫在一張舊收據上，以防萬一。她設計了暗號，讓密碼看起來像購物清單。一六二三四一七〇，這串數字變成：

十六顆蘑菇

二磅波菜

四分之三磅白豆
一百七十盎司白米

她拿出背包裡的膠帶和 X-acto 牌筆刀。割開《悲慘世界》的封面，將收據塞進去之後貼好，再將封面黏好。她把刀放進其中一個箱子裡，留在倉庫中。

她把書放進背包，鎖好倉庫之後回到一樓停車場，那裡有公共電話和電話簿。她找到普莉希拉之家的地址，邁開腳步出發。

一九九九年八月
加州，索薩利多鎮

「我需要你的時候，你永遠都在。」福星對艾力克斯說。

兩人躺在沙灘巾上，這裡是沙灘上隱蔽的角落，他們固定在這裡見面。

「我不想去別的地方，也不想做其他事情，只想等著和妳見面，隨時隨傳隨到。」他吻她，凝視她的雙眼。看她的時候，他的眼神很特別，如此專注、如此沉迷——彷彿每次看她都是第一次。「除了和我心愛的女人在一起，我還能想去哪裡？」他呢喃。

女人。心愛的。他讓她覺得自己長大了。但她退開。「我們對彼此了解太少了，」她強迫自己說，雖然她很不願意，但腦中還是響起爸爸的聲音，叮嚀她要慎選信任的對象。「怎麼可能相愛？」

他開懷一笑。「意思是，妳也愛上我了？」

「艾力克斯，我只是覺得時間太短，無法真正知道……」

他大笑，顯然沒有因此自尊受傷。他很隨和，很好相處，對他們的感情如此篤定。

「好啦、好啦，看來我們需要多了解彼此。少親親、多聊聊，對吧？妳想知道什麼？」

「我們也可以邊親邊聊啊，」她微笑說，「你的出生地是哪裡？」

「這裡。」

「你的父母還住在這裡嗎？」

他的臉龐籠罩陰霾。

「我的父母過世了。」他說。

「噢，對不起，我不該——」

「不、不，沒關係。只是……還是很難說出口。或許永遠都不會變簡單。」

他伸手向上，用手指輕描她的下顎，接著吻了一下。

「他們是怎樣的父母？」

「非常棒，很愛冒險。我爸有一架西司納小飛機，平常停在我們家的木屋裡，在繆爾森林公園附近。以前我們會去那裡避暑，週末有空就會過去。」

「發生了什麼事？」她低語，為他心疼。他原本擁有一切——充滿愛的家庭、父母**雙全**——卻失去所有。

「引擎故障，他們墜機。那天我剛好身體不舒服，而且我才八歲，所以就和保母待在家裡。我……活下來了。」

「噢，艾力克斯，我真的很遺憾。」

「我還記得和他們一起飛的感覺。」他的聲音感覺好遙遠，「在天空中，眼裡的世界變得那麼小，讓我覺得自己好巨大，好重要、好特別，能夠從天上往下看。我一直很想再感受一次。」

「以後我們也可以買飛機。」她不由自主說，太急著想讓他開心。

他又笑了起來，悲傷很快便消失。「哦？**我們**要買飛機？」他說，「可是我們才剛認識幾個星期，怎麼可能這麼快就相愛，還計劃一起買小飛機……」

他沒有說完，他們又吻了起來。終於，她抬起頭呼吸，依偎在他胸前。

「後來呢？」她問。

「我父母不在了以後……？」

「嗯。」

「唉，不太好。小時候我住過好幾個寄養家庭。現在我滿十八歲了，只能靠自己。妳也知道，我有一間破爛公寓，因為太亂所以不能帶妳去看。不過呢，對於未來，我有遠大的抱負。」

「我真的很遺憾你失去父母。」她說。

「不用放在心上，我很好。所以啦，來吧。繼續問，妳還想知道什麼？」

他們面對面坐著。最喜歡的小說？他的是《大亨小傳》（註1）；她掙扎了很久，不知道該選《布魯克林有棵樹》（註2）還是《Play It As It Lays》（註3）。「不過現在我非常喜歡短篇小說，」她說，突然煩惱起來，「一定要在長篇小說和短篇小說之間作選擇嗎？」

他大笑。「不要緊張。和我在一起，妳什麼都不必選。」

他們兩個都喜歡老電影。他最喜歡的是《夜闌人未靜》（註4）。她則是《土京盜寶記》（註5），但在她心中《窈窕淑女》（註6）有特別的地位。他們都喜歡冰淇淋勝過洋芋片，喜歡狗多過貓。「除了飛機，我們**也要**養狗。」

「好，」福星說，「領養，對吧？」

「領養飛機？」

「狗啦，討厭鬼。要大狗，收容所裡最大的狗。」

「德國牧羊犬。」

「哈士奇。養大狗需要大房子，或許在鄉下……」

太陽開始西垂，福星微笑看著逐漸變暗的天空，她幾乎沒有察覺時間流逝。最近她太常出門，爸爸開始追問她去了哪裡，她撒謊說認識了一個朋友，名字叫愛莉莎，她們幾乎每天都約在沙灘見面。她是什麼人？從哪裡來的？可以信任嗎？妳怎麼知道？帶她回來讓我看看吧？福星受夠了爸爸的神經質。她想將這段剛萌芽的戀情藏在心裡。因此當她的視線離開天空，發現雷耶斯朝他們走來的時候，她非常心慌。

「噢，糟糕。」她說。

「那個人是誰？」

「她是我爸的同事。她很怪，我不喜歡她。」

雷耶斯看到他們了。福星有種預感，被她看到不是好事——只要有外人闖入他們的兩人小世界，絕對會讓她和艾力克斯惹上麻煩。

譯註1：《大亨小傳》（*The Great Gatsby*），美國作家史考特．費茲傑羅（Scott Fitzgerald，一八九六～一九四〇）於一九二五年出版之小說作品，被視為美國文學「爵士時代」的象徵。

譯註2：《布魯克林有棵樹》（*A Tree Grows in Brooklyn*），美國作家貝蒂．史密斯（Betty Smith，一八九六～一九七二）於一九四三年出版的小說作品。

譯註3：*Play It As It Lays*，美國作家瓊．迪迪安（Joan Didion，一九三四～二〇二一）於一九七〇年創作的小說。

譯註4：《夜闌人未靜》（*The Asphalt Jungle*），一九五〇年的美國黑色電影，由約翰．休斯頓（John Huston）導演，講述在美國中西部城市搶劫珠寶的故事。

譯註5：《土京盜寶記》（*Topkapi*），一九六四年的盜寶喜劇電影，由朱爾斯．達辛（Jules Dassin）導演。

譯註6：《窈窕淑女》（*My Fair Lady*），一九六四年的喜劇電影，改編自愛爾蘭劇作家蕭伯納（George Bernard Shaw）的舞台劇《賣花女》（*Pygmalion*）。

第二天，福星和艾力克斯一起混了一整天，傍晚回到船屋，發現普莉希拉在甲板上。最近她經常出現。爸爸在船艙裡，忙著準備普莉希拉喜歡的冰茶。一夕之間，他們的廚房隨時有檸檬、白糖、茶包，以前他們根本不會隨時有**任何東西**。福星將沙灘包往桌上用力一放，說：「我才剛回到家，我**不要**再出去。拜託不要為了開會把我趕出去。」

「不會啦、不會啦，」爸爸說，「不需要。今天她只是來玩的。其實普莉希拉想和妳聊聊，稍微多了解妳一點。」

「好老闆願意花時間了解員工。」

「為什麼？」她問。

「我不是她的員工。」

「福星，不要讓我失望。去外面，陪她喝杯茶，要有禮貌。」

他的語氣讓她感覺到普莉希拉令他膽怯，甚至害怕。她從爸爸手中接過托盤，上面放著茶壺和不成套的杯子，然後說：「我來端。」

福星出去甲板上，普莉希拉說：「啊，大名鼎鼎的**愛蕾娜**。」

「其實我叫福星。」

「嗯，愛蕾娜只是我幫妳弄的假證件上的名字，為了讓妳能上學之類的。申請大學順利嗎？」

「嗯，」她說，「秋天我就要去舊金山大學了。」

福星倒好茶之後坐下。普莉希拉幫忙張羅證件這件事，依然讓福星心裡很不舒服，總覺得她一定會要求回報。福星的爸爸暗中推推她，她知道爸爸希望她向普莉希拉道謝，但她實在說不出口。

現在天空一片漆黑，雲層很厚，看不見星星。他們繼續聊下去，幾乎都是普莉希拉在發問，爸爸的回答太過鉅細靡遺，福星覺得越來越不自在。最後她站起來。

「那個，剛才我忘記了，我和朋友約好一起吃飯。」她放下杯子，「她應該在等我了，我得快點過去。」

普莉希拉往前靠過來，露出甜膩的笑容。「妳交到朋友啦，真是太好了。那個男生叫什麼名字？」

「是女生，愛莉莎。」福星撒謊，心裡有種不祥的預感。她抓起背包。「總之，很高興認識妳，拜。」她急忙離開，不給爸爸機會制止。她下了船，想著要去碼頭外面的公共電話打給艾力克斯，問問他忙不忙，能不能出來陪她吃飯，雖然他們分開才不到一個小時。他總是有求必應，好像隨時在等她的電話。

她走得太快，差點一頭撞上雷耶斯。「老天，妳嚇到我了！妳在這裡做什麼？」

「等普莉希拉。」雷耶斯說。

「妳怎麼不跟她一起上船？妳在這種黑漆漆的地方偷偷摸摸做什麼？」

「為什麼妳每次都對我這麼凶？為什麼妳看我的眼神好像當我是蟑螂？」

福星想不出該怎麼回答。因為最近雷耶斯和爸爸在一起的時間比福星多？因為她感覺神祕兮兮？

雷耶斯插在口袋裡的雙手更往裡面擠，她總是這樣。「無所謂，我不在乎。今天晚上我不想坐在那裡喝冰茶，但是我沒必要跟妳解釋這麼多。」

「好吧，隨便妳。」福星準備走開。

「等一下。」雷耶斯說。福星轉身。

「幹嘛？」

「有件事要讓妳知道。最近經常和妳在一起的那個男生，他是普莉希拉的兒子。我打算告訴妳爸，他要我幫忙看著妳。不過我覺得也應該讓妳知道。」

「妳在說什麼鬼話？艾力克斯是普莉希拉的兒子？」

「他的名字不是艾力克斯，而是凱瑞．馬蒂森。沒錯，他是普莉希拉的兒子，他一直在騙妳。」

「去妳的！」

「普莉希拉突然想認識妳，妳覺得是為什麼？福星，妳究竟有沒有搞清楚狀況？妳有沒有去過他家？妳知道他住在哪裡嗎？妳對他的了解太有限。」

「那妳又有多了解他？妳比我更了解艾力克斯？」

「凱瑞，」雷耶斯輕聲說，「他的名字叫凱瑞。沒錯，我確實很了解他。我認識他已經七年了，他不是個好東西。我不知道他找上妳有什麼目的，但現在普莉希拉知道你們兩個……相信我，最好不要和他們那種人攪和在一起。」

「妳才是和他們攪和在一起！妳幫她工作！」但說出這句話的同時，福星領悟到攪和進去的人是她自己。她不想相信雷耶斯，但她已經明白這件事很可能是真的。

雷耶斯的眼神很憂鬱。「我多希望沒有幫她工作，我多希望妳爸爸沒有幫她工作。但我們已經陷進來了，我們沒有辦法。不過妳還有機會，妳可以脫身。」

「我不相信，妳只是想拆散我們。」

「我有什麼理由要拆散妳和凱瑞？」

「我怎麼知道？說不定妳自己想和他在一起。」

雷耶斯輕聲笑了一下。「死都不可能。」

福星轉身離開，在黑暗中跑向公共電話。艾力克斯——或凱瑞，天曉得他究竟是誰——立刻接聽。背景有音樂聲，但他將音量轉小。「嗨，寶貝，什麼事？」

「你的名字真的叫艾力克斯？還是凱瑞．馬蒂森？普莉希拉是你媽媽？現在你在哪裡？你到底住在哪裡？」

「哇、哇，冷靜，怎麼回事？」

「快回答我的問題。」

他沉默不語。因為實在太久，福星明白全都是真的，這個領悟令她傷心至極。

「誰告訴妳的？雷耶斯？我早該猜到。她真的很討厭，根本是個神經病，就像妳說的，很怪。」

福星閉起眼睛靠在牆上。她上當了，她是肥羊。「你為什麼騙我？」

「妳別亂跑，在那裡等我，我馬上過去當面解釋。妳在公共電話那裡？」

「不要，我不想見你。」

「我太喜歡妳了，從我第一次見到妳的那一刻就情不自禁。我擔心要是妳知道我媽是誰，妳就不會想接近我了。」

「我和你媽根本不熟……至少那時候不熟，為什麼你以為我會在意？」

「我的想法沒有錯，承認吧，妳發現我媽是誰，立刻不想見我了。」

這種感覺很熟悉，她慢慢變成錯的那一方。從小到大爸爸用過這招太多次。她不會任由他這樣對付她，無論他是艾力克斯或凱瑞，現在都已經是陌生人了。「那麼，你對我說的每件事都是假的。你父母因為墜機喪生？全都是假的？」

「讓我解釋。」

「你不是我以為的那個人，有什麼好解釋的？」

「妳錯了。我不是妳**希望**我是的那個人。假使我更好呢，愛蕾娜？妳有沒有想過？」

她感覺像肚子挨了一拳。「你很清楚我的名字不是愛蕾娜。既然普莉希拉是你媽，那麼你一定知道。不要再那樣叫我了。」

「對，但差別在於，我不在乎妳是愛蕾娜、露西安娜、福星，還是別的什麼。我們兩個都有所隱瞞，但我不在乎。為什麼妳在乎？」

「因為我不希望交往的對象像我……」

「說出來啊。像妳一樣？像妳爸一樣？妳想找個可以在他面前偽裝的人，對吧？不夠聰明，無法看穿妳的人？」

「我不想再見到你，永遠。」

她掛斷電話。

第二天，福星下船時，雷耶斯在外面等福星的爸爸。

「我和他分手了，可以了吧？妳高興了吧？」福星咆哮。

雷耶斯一臉錯愕。「我怎麼會因為這種事高興？」

「呵，這不就是妳想要的嗎？」

雷耶斯用磨損的戰鬥靴踢碼頭上翹起的木刺。即使在最熱的日子，她依然穿這雙靴子。「我說過了，妳爸要我幫忙顧著妳。妳和欺騙妳的人交往，普莉希拉發現了，可能會因此變成大問題。身為朋友——」

「妳不是我的朋友。」

「我沒有說我是**妳的**朋友。我是他的朋友，妳爸的朋友。所以我才警告妳，我沒有理由因此感到高興。」

淚水在福星的眼眶打轉。她轉身背對雷耶斯，不想讓她看見。她邁步準備離開，但又停下腳步轉過身。「妳毀了我的人生，所以妳虧欠我。告訴我到底是什麼。」

「**什麼**是什麼？」

「妳和我爸幫普莉希拉做的事。告訴我，我有權知道。」

雷耶斯再次低頭看腳下的木刺。許久之後，她終於將木刺徹底與碼頭分離。

「是慈善。」她終於說。

「慈善？」

她抬起視線。「照顧寄養兒童的慈善事業，我是他們當招牌用的兒童。」

「妳**真的**接受寄養？」

「基本上沒有，我已經滿十九歲了。不過我青少年時期住在普莉希拉家，接受她的寄養，也是因為這樣她才想出這個局。」

「那麼……來電中心是……」

「我們收捐款，但基金會不是真的。」雷耶斯瞥向她的身後，「如果我老實跟妳說一件事，妳會想知道嗎？我越來越害怕。金額變得太大了，我知道萬一被抓到，普莉希拉絕對會想辦法讓我們背黑鍋，我覺得快要——」

她們身後有動靜，約翰下船了。「噢，嗨，妳們兩個！真高興看到妳們互相多認識。」但他的表情變了，「沒事吧？」

「噢，沒事，我們沒事。快走吧，約翰，五十七號公車再過五分鐘就要發車了。」

福星目送他們離去。她的計畫是去沙灘閱讀一整天，但她突然不想去了，她擔心會遇見艾力克斯，凱瑞，天曉得他是什麼人。另外，剛才雷耶斯說的話也讓她很不安，她想找出更多答案。

她走下碼頭。有一輛腳踏車鎖在欄杆上，密碼鎖很廉價，只要仔細聽就能破解；很久以前爸爸就教過她怎麼開。她看看四周，沒有其他人。她花了幾分鐘的時間，但順利解開鎖，跳上車，往公車站騎去，她隔著一段距離等待，看到爸爸和雷耶斯上車。

她騎車跟在後面。路上車很多，所以並不難。她從遠處看著爸爸和雷耶斯在栗子路與溫德米爾路交叉口下車。兩人過馬路，走進一棟低矮的辦公室建築。她等了幾分鐘，接著也過馬路。大廳的指示牌上列出診所和其他公司行號——找到了，在最底下：舊金山寄養兒童協會。

她回到馬路對面，找了一家咖啡店，監視、等待。兩個小時過後，雷耶斯出來，沿著人行道往前走。福星跟上去。

「妳在這裡做什麼？」

「我跟蹤你們來上班，我很擔心我爸。」

「我不該告訴妳的，」雷耶斯說，「妳沒辦法阻止。再過幾個月我們就會收掉了，就這樣。妳所能做最好的事，就是不要干預。回家去吧。」

福星討厭聽雷耶斯的話，但她也想不出其他辦法，於是重新騎上腳踏車回到碼頭。

後來她回想這一天，很後悔就那樣走了。但當時她什麼都沒有做，只是日復一日獨自坐在船屋甲板上，擔心會遇見艾力克斯，所以再也不去沙灘了。爸爸陷入這個亂七八糟的事業太深，她必須設法讓他脫身。但是她想不出來——唯一的辦法就是離開。可一旦離開，她就必須放棄上大學的夢想。

出事的那天，一開始和其他日子沒兩樣。爸爸去上班的時候偶爾會把手機留給福星，她在甲板上看書的時候手機響了。

「福星，仔細聽我說。我們這裡出狀況了。」爸爸感覺很驚慌，說話速度非常快，「妳知道密碼箱在哪裡，密碼在我的床墊底下。找出來，打開密碼箱，我留給妳——噢，糟糕，我得走了。」電話就掛斷了。

福星呆望著手中的手機，跳下船衝過碼頭，奔向她藏偷來那輛腳踏車的地方。她騎得太快，一下子喘不過氣來，但她繼續騎，終於趕到爸爸上班的那棟辦公建築。她才剛把腳踏車停在路邊，三輛警車呼嘯而過，警笛大作，停在那棟建築前面。

福星束手無策，只能站在遠處看，雷耶斯和爸爸一前一後被帶出來，兩人都上銬了；普莉希拉不見蹤影。福星跳下自行車，推著車往前走，急著想接近。爸爸被押上警車時看到她，他搖頭要她別過去。用嘴形說：去找密碼箱，快逃。他低頭鑽進警車後座。她再也看不到他。

福星騎車回去的路上感覺整個人麻木。她還無法真正理解；她有點希望回家時會看到爸爸在等她，說他成功靠話術脫困。但他不在。船上黑漆漆的，空無一人。

她在他的床墊下摸索，找到密碼，假冒成食譜。紙上寫著：約翰的超夯紐奧良香料粉：三茶匙卡宴辣椒粉、一茶匙鹽、兩茶匙乾百里香、三茶匙大蒜粉。

淚水模糊了視線，她幾乎看不清。她多希望他真的是那種爸爸，會自行調製「超夯」配方，為她下廚做晚餐，她永遠都知道爸爸會端出什麼菜色。她好不容易打開密碼箱，一堆錢上面擺著一封信。

親愛的福星，

如果妳看到這封信，就表示我被逮捕了。對不起。拿著這筆錢，先去住旅館，然後找間便宜的公寓。這裡的錢付完第一學期的學費應該還有剩，至於剩下的錢要怎麼處理，我恐怕愛莫能助了……希望我能盡快回來幫妳。有時候罪名不會成立。無論如何，千萬不要告訴別人妳是我女兒，不要想幫我。妳一個人會比較安全。

丫頭，我愛妳。我們很快會再見面，我保證。

爸

福星讀了一次又一次，想找到他確切交代她該怎麼做的內容，想看到他保證不會有問題，他有辦法解決——但是沒有，沒有神奇妙方。

她只能靠自己了。

她重新鎖好密碼箱，放進背包。打包衣物，盡可能多塞幾本書，就這樣，該走了。

獨自逃亡。

下船的時候，凱瑞在碼頭上等她。他抱著一隻小狗，棕黑相間的長毛狗不停動來動去，牠非常瘦，甚至能看到肋骨。

「這是貝蒂。」他放下狗狗，「我剛從愛護動物協會領養的。牠完全是我們夢想中的狗，記得嗎？牧羊犬、哈士奇，兩種都有一點。」

「走開，你是我最不想見到的人。」小狗撲到福星的腳上。

「我媽也被逮捕了。」

「是喔？我在場，沒看到她上手銬被押出來。」

「警察來我家。他們先逮捕她，然後她才說出你爸和雷耶斯在哪裡。」

「她當然會做這種事。」

「發生這種事我真的很遺憾，呃，我不遺憾我媽被抓，也不遺憾雷耶斯被抓……不過我知道妳爸出事妳一定很難過。我真的**非常**遺憾。」

「我不想聽。」

「妳認定我是騙子，但我接下來要說的話都是真的，好嗎？沒有半句虛假。幾個月前，我媽開始聊起一個幫她做事的人，說他有個女兒叫福星，他正在努力工作供她上大學。她把那個福星形容得非常動人，傑出、聰明，而且顯然相當漂亮。我去沙灘找到妳——我發誓，真的是一見鍾情。我不想告訴妳我是誰，我擔心會嚇跑妳。於是我撒謊。謊言越滾越大，一切都太遲了，我沒辦法澄清，但我的感情一直都是真的……所以我才繼續撒謊。我怕會失去妳。」

貝蒂在福星的腿間鑽來鑽去，用瘦瘦的小鼻子不停頂她的腳，搞得自己差點翻倒。

「牠喜歡妳，牠是妳的狗。」

「你不能買狗討好我。」

「呃，我買不起飛機，所以……」他露出獨特的歪歪笑容。她已經好幾個星期沒看到了，雖然她很想強硬下去，卻不由自主心軟。「我們是天造地設的一對，妳看不出來嗎？我們不必步上父母的後塵，我們可以做自己。接受吧，這是我們的宿命。」

福星站直，努力抗拒小狗的魅力。「我交往的對象叫作艾力克斯，但他根本不存在。」

「妳真的想一個人過日子？」他上前一步，用那種獨特的深情眼神看她，「福星，妳爸被抓了，不可能那麼快出來。」

「那可不一定。」

貝蒂叫了幾聲，福星彎腰摸牠的頭。凱瑞在她面前蹲下。「別這樣嘛，看看這隻小狗，貝蒂需要妳。拜託看我好嗎？」他哀求，「我們剛開始交往的時候我欺騙了妳，希望妳能原諒我。我用我的生命發誓，我用貝蒂的生命發誓，我絕不會再騙妳，無論什麼事，永遠不會，我這輩子都不會，希望妳能相信我。福星，我需要妳——妳也需要我。靠妳自己念完大學難度太高了，幾乎不可能。我知道妳有多想上大學，我也希望妳能求學。我愛妳，妳也愛我。承認吧，妳愛我。」

「對於另一個人的了解全都是假的，這樣開始一段關係是行不通的。」

「難道不能邊交往邊彌補嗎？重頭來過，一張白紙。」

「我已經假冒過太多人，不可能變回一張白紙。」

「妳確定？只要我們想，隨時可以重新開始。無論哪個版本的妳，我都會愛；無論妳做什麼、說什麼，無論妳是什麼人，我都會永遠愛妳。我會照顧妳，妳不需要獨自辛苦。」

「我自己一個人也沒問題。」她說，但其實她這一生沒有獨自一個人過。

「妳很清楚，只要我們在一起，什麼都能做到。」貝蒂用力搖尾巴，「看到沒？牠也同意。牠是很聰明的狗狗。」

凱瑞用一隻手指抬起她的下巴。「我知道妳的所有夢想，」他說，「妳說給我聽的時候，我知道都是真的。讓我照顧妳，不要一個人走。」

她站起來。他將貝蒂的牽繩交給她，兩人一起離開船屋，走向諾布山，沒有主人的豪宅等著他們，全新的人生即將展開。

夏天快結束時，普莉希拉、約翰、雷耶斯的所作所為登上媒體，世人稱之為「寄養兒童詐欺案」。他們搞的假慈善團體相關細節全部曝光，報導中說普莉希拉‧勒闕斯正在進行認罪協商。她知道另一起案件的情報。

福星住進普莉希拉的豪宅，坐在廚房中島前認真研究那篇報導。「我很擔心，等普莉希拉出來的時候一定會很不高興，你竟然用她的保釋金幫我繳學費。」

凱瑞正在準備晚餐。他嘗了一下味道，轉身看她。「我以為她不會做到這種程度，我以為她不夠有種。但她竟然為了減輕刑期把我爸以前販毒的同夥全招出來，還供出和他合作的幫派。真是太瘋狂了，因為她一出獄就會被他們幹掉。她很清楚，她都算好了。真希望我知道她的計畫是什麼。」

福星繼續看報。「雷耶斯是初犯，所以頂多只會判五年。但我爸……」她的胸口緊繃，「我爸有兩次前科，所以會判刑二十五年到無期徒刑。我不知道他有前科。」

「那是加州的規定。」凱瑞說，打開櫥櫃找香料。他的語氣很輕鬆，福星因此不高興。難道他完全不關心她爸爸？

「我愛我爸，我很想念他。我們的關係和你們母子不一樣，他不該受這種對待！」

「不是每個人都能得到公正合理的對待。」凱瑞用擦碗布抹抹手，來到她身後。他按摩她的後頸，但她拒絕放鬆身體。

「二十五年很長，」他說，「那還只是最低刑期。他人生的一大部分都會在牢裡度過。等他出來的時候，妳已經是不一樣的人了，他也是。」

他安靜下來，停止按摩她的後頸和肩膀。福星知道他想到他的爸爸。「妳應該忘記妳爸，」他接著說，「這才是最好的做法。這樣妳才不必心痛，因為我愛妳才會說這些。」

她伸手握住他的一隻手。「我知道，」她說，「我也愛你。」

他吻她的頭頂。「別再看報紙了，快點用功讀書吧。妳不是說遇上了會計系的大魔王教授？我負責做晚餐，妳專心讀書。這道新菜絕對會超乎妳的想像。」凱瑞最近愛上烹飪，她回到家的時候，他經常會自豪地端出新菜色。「吃完飯之後，我來說說我的計畫。

我已經想好了，我們要在我媽出獄之前搬出她的房子，這樣妳以後都不用想到她了。首先我要假裝是史丹佛大學的學生……」他燦爛一笑，眼睛冒出熟悉的火花。

福星推開報紙，努力放下煩惱。但是當他這樣說話的時候，總是讓她想起爸爸。她的煩惱就在身邊，無所不在。

第11章

普莉希拉之家位在佛雷斯諾的一條死巷裡，巨大的黃色木板房屋，外面圍著高聳的黑欄杆。福星看到後面的小屋，造型有如有小倉庫，全部漆成和主建築一樣的亮黃色；欄杆上掛著「內有惡犬」的牌子。

福星看到一個巨大的狗屋，幾乎像人住的小屋一樣大，不過當她在閘門外按電鈴時，沒聽見狗叫。或許那個牌子只是想嚇跑意圖不軌的人。

對講機接通。「請問妳的名字？」

「珍恩。」

「進閘門之後先跟保全登記，然後從大門進來，在等候區等一下。」

保全過來，福星吃了一驚。他塊頭非常大，剃光頭，戴深色太陽眼鏡，穿湖人隊（註）的皮夾克。

「珍恩。」

「姓？」

「芳婷。」

「證件？」

「沒有。」

他端詳她的臉，她的心跳加快，但他只是說：「進去吧。」

福星順從地往前走。進門之後是一個接待區，隱約有狗味。櫃台裝著厚厚的玻璃；一個女人坐在裡面，頭髮編成很密的麻花辮繞過整個頭。她瞥福星一眼，在電腦輸入一些資料，接著站起來打開窗口。

「妳好，歡迎來到普莉希拉之家。請問需要什麼服務？」

「我想找個住的地方。」福星說。

「目前妳正處於無家狀態？」

福星點頭。

譯註：湖人隊（Lakers），位於美國加利福尼亞州洛杉磯的職業籃球隊，隸屬於NBA西區太平洋組。

「多久了？」

「一個月。」

「姓名？」

「珍恩・芳婷。」

「我是雪倫。珍恩，妳有證件嗎？」

「沒有。」

「妳會讀寫嗎？」

「會。」

「好。請先填寫入住資料，等我輸入之後就帶妳進去。」

福星再次點頭，接過筆和文件夾板之後坐下。她看看四周，接待區有兩台監視器，牆上掛著普莉希拉的照片，她站在收容中心外面笑嘻嘻剪綵。

入住手續辦完之後，雪倫帶福星穿過主建築，裡面分成兩區，大廚房與餐廳、起居室與娛樂室。她們去到後院。

「妳住十二號房。」雪倫給福星一把鑰匙，「那是單人房。妳先安頓一下，等一下五點就開始晚餐時間。明天會有幾次面談，除了和我進行諮商，如果時間允許，普莉希拉也希望能認識一下每位新入住的朋友。不過說不定晚餐時間就能見到她。現在她出去遛狗了，不過今晚她會在，而且她打算和大家見面。」

這個消息讓福星很不安，但依然撐著笑容。

「謝謝妳，」她說，「晚點見。」

「晚點見，珍恩。」

福星呆望著餐點：胡桃南瓜湯、沙拉、剛出爐的麵包。看起來不錯，而且她已經好幾天沒有吃過像樣的一餐了——但她吃不下。她一直在等普莉希拉進來，角膜變色隱形眼鏡讓她覺得眼睛好像進了沙。

「我是珍娜。」坐在她旁邊的女人說。她一頭短髮，因為漂過所以有點變橘，大大的藍眼睛。她的一隻手抖得很厲害，但依然成功將湯舀起來送進口中。

「我是珍恩。」福星說，笑了一下之後重新低下頭，希望對方會懂她的意思：我不太想說話。

「酷喔，我們的名字很像耶。」

「過一段時間妳就會覺得自在了，我保證。這裡很安全。」

「謝謝。」福星強迫自己吃了一塊沙拉裡的番茄。她舀起一點湯放進嘴裡。珍娜似乎很滿意。餐廳裡交談的聲音突然安靜下來，彷彿有人啟動了吸塵器。她抬起視線，看到普莉希拉進來。她的深色頭髮剪短了，不像多年前那樣整個往後梳，現在她的頭髮像羽毛一樣散落臉龐周圍。她穿著牛仔褲搭配家居風粗毛線上衣。她慢慢轉一圈，對餐廳裡每個人微笑，對上她們的眼睛，比較害羞的那些她則點頭表示鼓勵。*妳是珍恩．芳婷，她不認識妳，妳一定要相信。*外面的院子傳來狗叫聲。

福星察覺她太用力握湯匙，指節都發白了。

「妳沒事吧？」珍娜問。

福星放下湯匙。「沒事，我很好。」

「我看到有幾張新面孔，」普莉希拉對著全體用餐的人說，「歡迎來到普莉希拉之家。妳們當中有些人應該知道，我們為佛雷斯諾及周邊地區的無家可歸婦女提供安置，這裡是大家的安全天堂。我們以善意和尊重接待每位來到這裡的女性。當然啦，我們也希望大家以善意和尊重相處。請記住，我們是一家人。」普莉希拉繼續說下去，在餐桌間緩緩走動。

「今晚我要分享的主題是尊嚴，」她說，「我想談談尊嚴對妳們的意義。」

「她每天晚上都演講？」福星低聲問珍娜。

「不算演講啦，比較像……佈道。」

「佈道？真的？」

「她很棒，」珍娜說，「認真聽。」

「『尊嚴』這個詞在字典中的定義是：『值得敬意與尊重的身分或地位。』我從不隱瞞這件事，以前的我不值得任何敬意，更別說是尊重……對吧，姊妹們？」

有人大笑、有人低語。

一點也沒錯。福星想著。

珍娜靠過來小聲說：「有一部紀錄片介紹她洗心革面的經過，妳有沒有看過？」

福星搖頭，咬牙切齒。

普莉希拉接著說：「『尊嚴』還有第二個意義。要以自己為榮、要尊重**自己**。當一個人連維持生活都有困難，連最基本的日常所需都無法滿足，真的很難保持尊嚴。住所很重要，食物當然也很重要。不過呢，姊妹們，這件事並不可恥，知道嗎？」她的聲音變得慷慨激昂，有如福音派傳教士。「我要告訴妳們，尋求幫助並不可恥。」她離福星的桌子很近，福星能聞到她的香水味，與多年前記憶中的一樣：毒藥（註）。

「她很**了不起**，」珍娜小聲說，「真的很不可思議。」

「嗯。」福星小聲回答，心中想著字典中**不可思議**這個詞的定義：難以相信。

普莉希拉引用了一些聖經的內容，佈道終於結束了。接著她在餐桌間移動，和每個人小聊幾句。

「我**真的**很累了，」福星對珍娜說，「我想早點去休息。」她滿懷歉意微笑著站起來。

「妳會錯過和普莉希拉見面的機會。」珍娜說。

「今晚真的不行，」福星說，「我實在……沒精神。」福星收好餐盤往後門走去。

她聽見大門打開的聲音，雪倫用娃娃音說話，應該是在哄普莉希拉的狗。她正要走出後門，有人碰了一下她的手臂。

「我們好像還沒有正式見過，妳很急嗎？還是可以來我的住處喝杯茶？」

福星轉身，強迫自己迎視普莉希拉犀利的深棕色眼眸。

「噢，」她說，「呃，當然好，這是我的——」

她沒有說完。一個棕白相間的巨大毛球衝進餐廳，雪倫緊跟在後，大喊想制止。大狗跳到福星身上，開心吠叫、猛搖尾巴。

「下去，狗狗。」福星說，大狗順從。

牠當然會聽話，因為牠是福星的狗。

譯註：毒藥（Poison），迪奧（Dior）公司出品的女性香水。

一九九九年九月
加州，舊金山

九月底，福星放學回到普莉希拉的豪宅——她很難把那裡想成是家——凱瑞在門口等她，拿著一件掛在衣架上的電光藍小禮服。屋子裡非常整潔，清理過的游泳池反射陽光，後院的藤架掛滿小燈；流理台上擺著好幾個裝滿香檳的冰桶。

「他們就快到了。我們要舉辦派對，慶祝妳的生日，快去換衣服吧。」

「可是今天不是我的——」

他吻一下她的唇，接過她的書包放在地上。「是，今天是，妳要滿十九歲了。別忘記，我們是從加拿大來的，在那裡十九歲就可以合法喝酒了，我是喬納斯．威斯頓，妳依然是愛蕾娜，只是姓變成帕克斯。妳很愛狂歡。」他搖晃那件禮服。「所以我要和新同學一起慶祝，妳一定會愛死他們。」他大笑。「好吧，我知道妳像我一樣，只能勉強忍受他們。他們不算太糟，有點無趣、有點老套，不過非常慷慨大方，而且粗心大意。這對我們很重要。」

「還有其他細節嗎？」福星很熟悉這種局，但依然感到緊張。

「我是富二代，家裡做針葉樹伐木事業，但我和父母鬧翻了。我堅持要來加州念大學，而且不是他們希望我念的管理學系——可想而知，我念的是文理學院——而且還和女友同居，他們非常不高興。**妳**父母雙亡，墜機。」他清清嗓子、轉開視線，把玩一瓶香檳。「很抱歉，」他說，「我用這個設定騙過妳。不過這真的很好用。」

貝蒂跑進廚房跳到福星身上，汪汪叫表示歡迎，尾巴狂搖。當初凱瑞帶貝蒂去碼頭送給她時，牠是隻瘦弱可憐、營養不良的小幼犬，但現在已經完全不一樣了：光澤的棕色毛髮中夾雜一些白色，讓牠的毛色看起來偏紅。牠長得很快，變成像狼一樣的流線型體格。大部分的時候牠脾氣很好，但對福星有點保護過度。小情侶難得吵架時，貝蒂會對凱瑞狂叫、咆哮。現在牠的項圈綁上藍色蝴蝶結，顏色和福星的禮服一樣，也和貝蒂的眼睛一樣。

「快去換衣服吧，」凱瑞說，「一定會很好玩。」

福星上樓換好衣服，將頭髮盤起來，但她才剛走下樓梯，頭髮已經鬆脫垂落背後了。第一批客人來了，亞朗和瑪諾莉亞，這對情侶進門之後虛吻兩下主人的臉頰，後面跟著另外兩位賓客，修和威爾；威爾拿著一盒雪茄。

「晚點來抽，朋友。」他對凱瑞擠眉弄眼。福星不禁讚嘆，凱瑞竟如此迅速就混進這

個小圈子。「除非你的女朋友也想加入。」(註)

福星微笑。「我不喜歡雪茄，不過呢，香檳就不一樣了……」邊桌上放著一瓶，她拿起來打開，很慶幸幾天前凱瑞教過她如何開香檳。以前她從來沒有開過香檳，這是她第一次假扮成這樣的人。

「我**喜歡**她。」修說，他們整群人走進廚房。

「她最棒了。」凱瑞說，一手放在她的後腰上，將她輕輕往前推，吻一下她的耳朵，悄悄說：「**幹得好**。」

「啊，愛蕾娜，我好常聽到妳的名字，」瑪諾莉亞柔聲說，「喬納斯總是在講妳的事，他說妳是**天才**。」她的頭髮漆黑，晶瑩的碧藍眼眸，奶油色調的小禮服輕鬆垂墜，身材非常完美。福星的頭髮太毛躁，禮服感覺很廉價——其實價格非常高昂，她甚至不敢取下吊牌，以至於現在側腰被刮得很痛。

「妳真的好美喔。」瑪諾莉亞說。他們每個人都拿到一杯香檳之後，她握住福星的手。「來吧，帶我去看看游泳池。那是你們的狗？**好可愛喔**。牠是德國牧羊犬混哈士奇，對吧？我有個親戚在黑森林的農場專門繁殖這種狗。」

「沒錯，我們是直接跟德國繁殖場買的。」

後來，賓客離去之後，太陽只剩一點點還掛在地平線上，他們躺在泳池邊，凱瑞一點也不累，反而興高采烈。「妳辦到了，寶貝，妳簡直是助攻王牌。他們都相信妳是個大嗨咖，妳真的**好厲害**。妳玩得開心嗎？」

她把頭靠在他的胸口，這樣就不用看他了。他總是說騙外人無所謂，但絕不可以騙對方。儘管如此，她還是說：「嗯，很好玩。」

「妳知道，我們也可以像他們那樣，一定會。有一天我們可以不用再假裝。」

福星在大學的第一年結束了，暑假時他們飛去馬德里，和亞朗與瑪諾莉亞一起度假；亞朗的父母在那裡有棟房子。

第一天晚餐的餐廳，院子外種著橄欖樹，掛了許多燈籠，凱瑞開始在朋友心中埋下

譯註：一九九五～九七年，美國前總統比爾．柯林頓（Bill Clinton）與白宮實習生莫妮卡．陸文斯基（Monica Lewinsky）發生婚外情，事件曝光後，陸文斯基在證詞中提及柯林頓曾以雪茄與她性交，因此雪茄有性暗示的意味。

第一顆種子：因為愛蕾娜的父母生前留下大筆債務，他們現在住的豪宅即將被銀行強制收回（這是**真的**）。這個問題很容易解決。暑假結束時，凱瑞與福星搬進新家：修的家族在阿拉莫（註1）有片土地，蓋了一棟度假屋。他們堅持要付房租；凱瑞甚至真的每個月開支票，福星很清楚一定會跳票，但支票從來沒有兌現，修每次都是拿到就撕掉。

有一天夜裡，福星在床上低聲問：「你不擔心他們會發現嗎？」

「發現什麼？」

「你真正的身分。」

「這就是我們真正的身分啊。」

福星發現她也搞不清楚了。

她假冒身分去上學，很小心不和任何人混太熟，無論她多想要真正的朋友都不可以，即使同學經常邀她一起喝一杯或一起讀書。她在凱瑞的史丹佛好友面前又是另一個人，每個月一次去聖昆丁監獄探望爸爸時又換一個身分；他被判刑入獄二十五年。凱瑞完全不知道她去監獄，也不知道她從保險箱偷拿錢去弄了另一套假證件，這樣才能假扮成約翰的姪女莎拉．阿姆斯壯，他也不知道她還會和爸爸見面。

「妳想要這樣對吧，福星？拋開過去的我們，過上好日子？」

「我當然想。」她說。但她其實很想問凱瑞所謂的**好日子**是什麼，不計代價發財？即使道德破產也在所不惜？但她沒有問，因為她有自己的計畫。她必須取得文憑，就這樣。最終凱瑞一定會明白，有更好的辦法可以建築人生，不需要用到欺騙、撒謊的手段。

時間過得很快，凱瑞假裝退學。他告訴那群朋友說他不得不放棄學業，因為他們只負擔得起一個人的學費。「愛蕾娜是天才，所以當然要讓她繼續求學。」

那些富家子朋友說要借他錢，這樣他就不必中斷學業，但他拒絕了，他說不願意不勞而獲。他要靠自己的勞力賺錢，更何況他本來就不愛上學。凱瑞假扮的喬納斯，他的夢想是開夜店。

「兄弟，你每次辦的派對都超嗨。喬納斯辦的派對都超嗨，對吧？」亞朗說。他們在修的家裡，那天是他的生日。凱瑞安排了整套活動：《駭客任務》主題電音趴。所有人都穿黑皮衣配墨鏡，電子音樂大肆喧囂；外燴公司準備的菜色包括「真的很好吃的麵」和「雞肉味道像那麼多東西」（註2）烤肉串；屋裡還有雷射槍射擊遊戲區。「我們一定要讓

譯註1：阿拉莫（Alamo），位於舊金山灣區（Bay Are）的東灣（East Bay）。
譯註2：兩者都是《駭客任務》中的台詞。

他的計畫成真，」亞朗說，「喬納斯想開夜店，我們去幫他找金主！」

他們的所有朋友都投資了，凱瑞說做大事不能急。首先要找到最完美的地點——光是這一關就花了很長時間，拖到福星都上大四了。接著「喬納斯」必須去世界各地尋覓最合適的家具，必須走遍歐洲拜訪最棒的酒莊和釀酒廠。沒過多久，凱瑞的新夜店成為舊金山最熱門的話題——他決定命名為福星。但凱瑞拿到的投資款項根本沒用來籌備夜店，他拿出一部分支付福星的學費，剩下的全部中飽私囊。

福星一直覺得很害怕。每當她說出來，凱瑞總是說：「他們怎麼會在乎我是誰？他們現在開心得要死。就算真的被拆穿又怎樣？妳一畢業我們就消失，也不會有什麼夜店。他們會發現被耍了，但是頂多五分鐘就會拋在腦後。他們投資的金額不算什麼，他們的父母根本不會發現。這件事對他們而言只是好玩而已，妳也放心玩吧。」

二〇〇三年六月，福星從舊金山大學畢業。畢業典禮上，凱瑞坐在第一排，拿著很大一束紅玫瑰。典禮開始時，他旁邊有個空位；福星上台領取畢業證書時，看到普莉希拉坐在那個位子。福星走到一半差點摔倒，但強迫自己繼續往前走。

典禮結束後，普莉希拉去幫他們張羅飲料。

福星壓低聲音氣憤地問：「她來做什麼？」

「對不起，我不知道她會來。」凱瑞說，他的神情看起真的很慌張，「最近事情太多，我沒空注意她……沒想她已經出獄了，而且還跑來我家。妳已經出門去拿學士帽和學士袍了，我不知道她怎麼會知道我們住在哪裡。」

「你怎麼跟修解釋她的身分？」

「沒有人在家。他們全都去參加史丹佛的畢業典禮了，所以我不必解釋。不過她跟**我**說了很多事。」

「例如？」

「噓，她來了。」

普莉希拉給他們一人一個塑膠杯，裡面裝著廉價氣泡白酒。「噢，不要噓她嘛，反正你們說的事我全都已經知道了。剛才妳大概在問我怎麼會這麼快就找到你們吧？我在坐牢的時候，請幾位工作伙伴幫忙留意你們。你們挺厲害的嘛，不過，只要一通電話，我就能毀掉你們的騙局。你們打算今晚就逃跑吧？我只要在那之前說出你們偷錢的事，你們就完了。對了，為什麼要等到現在？」

「福星想拿到文憑，」凱瑞說，「我們不可能留通訊地址請學校郵寄。」

「我想也是。唉，總之，恭喜啦。」她舉起塑膠杯碰一下福星的杯子，「妳成功了，商管學位呢。」

福星努力了四年才得到的成果，普莉希拉卻說得好像毫無意義。她告訴自己，手中這張紙屬於她，將帶領她走向合法的人生——凱瑞也一起；這次的騙局讓他很開心，但也很危險——雖然文憑上的名字是假的。凱瑞要和她共築一段可長可久的人生；愛蕾娜．凱登斯在任何地方都沒有犯罪紀錄，而且她有文憑。

普莉希拉喝乾她的酒。「妳爸爸沒辦法出席，所以我代表他來。」她對福星說，「我答應會代他敬妳一杯，他要我給妳一個擁抱，但我猜妳大概不想要。」

「為什麼妳會和我爸見面？」

「我已經改過自新了。我的處罰包括向所有曾經傷害過的人道歉。我想和妳爸爸和解……但他只想知道妳快不快樂。福星，妳快樂嗎？」

一個小時前，福星很快樂。她原本滿心期待展開新未來，但普莉希拉出現在這裡，就像尖針刺破氣球。

凱瑞將她拉過去。「她當然很快樂，」他說，「我們兩個都是。」

普莉希拉將塑膠杯扔進旁邊的垃圾桶。

「我們走吧，找個地方喝杯像樣的酒，好好聊聊。」

凱瑞嘆息。「媽，不要把福星捲進來。」

「你叫我『媽』？還真是新奇。」但她滿臉笑容。

他轉向福星。「妳先回家繼續打包，我和媽去喝一杯、聊一聊，等我兩三個小時就好。」他吻她的臉頰，輕聲在她耳邊說，「我回家的時候會順便把租好的車開回去，我一到家就立刻出發。」

福星坐計程車回到度假屋，打包完畢，緊張地等待凱瑞回家；貝蒂也一直站著，焦慮地望著門口。她打凱瑞的手機，他沒有接。等他終於回到家時候已經凌晨兩點了，他喝醉了，福星很不高興。

「車呢？」福星問他，「我們不是要走了嗎？」

「我這樣能開車嗎？」他搖晃倒在雙人沙發上，「我們不能走，可以嗎？我們得待到夏天結束。媽的，我得真的開夜店。**我媽**的命令。我得幫她處裡一些事，不然……」雖然屋裡很暗，但她能清楚看見他眼中的神情：恐懼。他閉上雙眼，頭往後靠在椅墊上。

「我別無選擇，對不起。」很快他就睡著了。福星坐在黑暗中發呆，貝蒂過來用鼻子碰碰她，提醒她並不孤單。

聖誕夜，夜店裡沒有客人，只有福星和凱瑞。福星坐在角落的沙發上，身上穿著緊身迷你小禮服；凱瑞買了好幾件給她，為了讓她在夜店時能夠符合應該扮演的角色。她在幫他清點今晚賺進的現金。

「多麼美好的夜晚。」他說，鎖好錢箱放進袋子裡。「不只因為我們賺了很多錢，也是因為到了要給妳聖誕禮物的時間。」他從背後拿出一張卡片。

「可是明天才是聖誕節，」福星說，「我送你的禮物在家裡。」

「我們不回家了，」他微笑說，「打開看看。」

她打開。裡面只有一張紙。

「房屋所有權狀，」她說，「這棟房子在……愛達荷州波伊西市？」

凱瑞指著那張紙。「權狀上寫的是妳的名字，愛蕾娜．凱登斯。那棟房子是妳的。」

「呃……」她說。

「那就是妳沒錯。妳的所有官方文件上都寫著那個名字。妳有護照、出生證明、商管文憑，現在還多了房屋權狀。妳經常說想要簡單、正常的生活，愛達荷州波伊西市就是實現的地點！今晚我們要展開未來。」

「可是普莉希拉——」

「我們和她沒有關係了。我完成了答應她的事，完成了她的要求，她必須放我們走。我和她談了條件，我的這部分已經達成了，現在輪到她兌現承諾了。我們要遠走高飛，今就就出發。她不會追來。」

「你從哪弄來這棟房子？」

「不重要，好嗎？重點是，房子在妳的名下。新的未來將從這裡展開。終於可以重新開始了，妳一直嚮往的那種生活。我讓妳等太久了。」

他站起來，拿起裝現金箱的袋子，環顧昏暗的夜店。「說不定有一天我們會懷念這個地方。」他說，「沒想到原來我不介意經營夜店，即使只是幌子。」他伸出手，她握住站起來。「車子在外面，」他說，「家裡的東西只能留在那裡了，但我保證，妳需要的都在車上。」

「貝蒂呢？」

他微笑。「我怎麼會丟下我們的寶貝？她在儲藏室。我們去帶她，然後就出發吧。和我一起走？」

她微笑，吻他一下，任由幸福與希望湧上心頭，擠開徬徨與恐懼。

「當然嘍，我永遠和你一起。」

第12章

在普莉希拉之家所有寄宿人的眼前，普莉希拉大步走向福星。貝蒂開始吠叫，雪倫努力想重新抓住牽繩。「**真的**很對不起……我不知道牠今天怎麼了，平常牠都很乖。不過牠好像很喜歡妳呢，珍恩。」

「安靜，狗狗。」福星說。貝蒂立刻冷靜下來站在她身邊，不停搖尾巴。福星好希望可以抱抱她的狗，她好想跪下把臉埋在熟悉的棕紅長毛裡。但她必須繼續假裝這輩子從來沒見過這隻狗，雖然現在已經快拆穿了。「我大概有點像牠以前的飼主。」

「牠是我兒子的狗，」普莉希拉說，「他去海外工作了，需要有人幫他照顧狗。妳長得很像他的前女友，簡直一模一樣。一定是因為這樣，牠看出妳很像她。」

「真巧。」福星無力地說。

「珍恩，我們去樓上喝杯茶，好好聊聊吧？」

普莉希拉的住處使用昂貴布料與深色裝潢。因為空間小，所以很有壓迫感——也和樓下以實用為主的樸素風格形成強烈對比。普莉希拉關門上鎖。福星跪在貝蒂身邊，牠狂舔福星的臉。福星抬頭看普莉希拉。「我的狗怎麼會在妳這裡？」

普莉希拉不理會她，走到房間另一頭，拿起桌上的一張紙。「晚餐時，我命令我的保鑣尼可去搜妳的房間，妳進來的時候應該見過他。他只找到這個，黏在一本書裡面。」是那張假的購物清單。福星可以看到上面的數字，開始默默重複背誦以免忘記。她應該早點背起來才對，希望現在還不遲。

「這種東西有什麼重要？為什麼要藏起來？真的是購物清單嗎？」

福星想起爸爸說過，一定要裝作有普莉希拉想要的東西，這很重要。

「對，那是我們的密碼。」

「妳和凱瑞約好找到彼此的方式要用這個密碼？」

「對。」

「他叫妳用這個？你們兩個有計畫？妳知道他會搞消失？」

「對。」

普莉希拉注視福星許久，視線又回到那張紙上。

「你們什麼時候約好的？你們去拉斯維加斯的時候？不要那麼驚訝嘛。我僱用私家偵探跟蹤你們好幾年了。妳和我兒子之間的事沒有我不知道的。這個密碼要怎麼用？快說。」

普莉希拉心情很好，態度像在工作，彷彿只是和同事討論一個必須合作解決的難題。

快呀，福星，快點想出回答。「臉書，」她說，「我要用朵兒．柯諾凡這個名字設立帳號，來自辛辛那提，嗜好則是寫劇本和賞鳥。我把帳號設為公開，然後在塗鴉牆上貼出一張白豆波菜飯的食譜。」

普莉希拉走向辦公桌，打開一台玫瑰金色調的筆電。「朵兒．柯諾凡，他最喜歡的那部電影的女主角(註)。過來，妳可以坐我的椅子。好，我已經開啟了臉書，全都準備好了。設立那個帳號吧。」普莉希拉站在她身後，緊盯著她建立帳戶，然後完成她剛才說的步驟。「現在呢？」

譯註：朵兒．柯諾凡（Doll Conovan），是電影《夜闌人未靜》（*The Asphalt Jungle*）的女主角姓名。

「現在我要等他加我好友，然後私訊我。」

「好，不過**他**用的名稱是什麼？妳怎麼確認是他？你們一定想過這個問題，對吧？」

沉默。普莉希拉伸手向前，啪一聲闔上筆電，一手用力捏福星的肩膀，貝蒂低聲咆哮。「我勸妳不要再耍把戲了。看妳垂死掙扎很有趣，不過我覺得有點無聊了。來吧，去沙發坐下，我們認真談談。」福星閉上眼睛片刻，走向沙發坐下。貝蒂小跑步來窩在她腳邊，但福星並沒有因為狗狗在身邊而感到安全，她知道落入普莉希拉這種人手中，永遠沒有安全可言。只要在普莉希拉觸手可及的範圍，她從來都不安全。

普莉希拉交疊雙腿，對福星微笑，身體往前傾。「我請雪倫送茶過來好嗎？妳的臉色有點蒼白呢。有鑑於妳現在的狀況，我希望妳能得到妥善照顧。」

「我的……狀況？」

「不用隱瞞了，我知道妳懷孕了。」

福星好想吐。普莉希拉派人跟蹤他們，不只如此，她還派私家偵探翻他們家的垃圾，甚至竊聽他們的電話。福星勉強擠出笑容，彷彿想到這個寶寶依然會為她的世界帶來光彩。但她腦中滿是噁心的畫面：陌生人翻她的垃圾，挖出顯示有喜的驗孕棒，然後交給普莉希拉。

「孩子現在應該……三個月了？很快肚子就會出來了。」

福星任由雙手悄悄按住平坦的腹部，稍微把肚子往外挺。假裝寶寶依然在裡面真的讓她很痛苦，就連想起來都很痛苦，那個小小的夢想、大大的理想，在她體內漂浮的幸福門票。但她知道一定要假裝。只要普莉希拉相信她依然懷著凱瑞的孩子，福星就有她想要的東西。普莉希拉是詐欺高手、狠毒罪犯，但她不會殺害自己的孫兒。普莉希拉說過：*妳和我兒子之間的事沒有我不知道的*。即使她可以派私家偵探跟蹤，看到幾乎所有大小事，但她看不見隱藏在表面之下的事。獨自一人時才會襲來的心痛與失落，永遠不會有別人知道。坐在屋外的偵探無法輕易發現浴室地板上的一灘血。

「妳一定很辛苦吧？」普莉希拉說，她的聲音滿是虛假同情，「妳不知道我兒子的下落，還要帶著肚子裡的孩子逃亡。妳的未來太徬徨了。」

福星緊抿雙唇點頭。

她們面前的茶几上有個冷水壺，普莉希拉伸手拿起來倒了一杯水。「來，喝吧，妳要適時補充水分。」福星接過杯子，但沒有喝。

「妳之前問狗的事，我現在告訴妳，一個月前他把狗帶來我這裡。因為我叫他帶來。」她又倒了一杯水，端起來喝一口，「好，看到了吧？沒有毒，現在可以喝了吧？」她大笑，「噢，福星。妳的表情真精彩。總之，那隻狗是擔保品。」

「什麼的擔保品？」

「他透過餐廳幫我洗錢。噢，別裝了，妳真的不知道？」她再次大笑，「妳當真以為凱瑞的夢想是當餐廳老闆？他跟我說過妳不知道——之前我一直不相信，但現在證實了。不過仔細一想也很合理，妳應該真的不知道他在做什麼；要是知道，妳就不會來這裡了。」

「為什麼？」

普莉希拉朝福星傾身。「我幫忙的那些人，也就是凱瑞間接幫忙的那些人，他們非常心狠手辣。」福星仔細觀察她。她無法確定，但普莉希拉似乎流露恐懼。很快她的表情便恢復冷漠自信。「要是妳知道內情，一定會躲起來。我知道妳認為我是邪惡大魔王，但我不是。當我說妳有危險的時候，妳可以相信我。妳確實有危險，現在我很可能是全世界妳唯一能信任的人——」

「我永遠不會信任妳。」

「……雖然這件事讓我很心痛，但凱瑞八成已經死了，好嗎？那些人真的非常、非常恐怖。他們可能把他帶去沙漠，痛揍一頓之後扔在那裡等死。」她一手顫抖著舉高到胸前，眨眼的動作很快很用力。那是眼淚嗎？演戲假哭？福星努力消化普莉希拉剛才說的話，但感覺一點也不真實。凱瑞被活活打死？她的淚水也開始湧出，但她拒絕在普莉希拉面前落淚。

「妳確定？」她低聲問。

「我想盡辦法保護他，所以才叫他把狗給我。我得知妳懷孕的時候，很擔心他會做傻事，例如帶妳一起逃亡，去以為我找不到的地方養育孩子。我告訴他，只要再幫我一次就好，我告訴他，我會過去帶走他的狗。他很愛貝蒂，妳也是。我真的很蠢，竟然以為能用一隻狗留住你們，即使只是一段時間也好。但他選擇乾脆拿走我合夥人交給他洗的錢，然後……我就不確定了。他把那筆錢藏起來，加上妳那個龐氏騙局（註1）偷來的錢。告訴我，你們兩個原本究竟打算去哪裡？」

「格瑞納達（註2）。」福星撒謊，眨眨眼睛，收起沒有為凱瑞流下的淚水。她的心臟開

譯註1：龐氏騙局（Ponzi scheme），金融詐騙手法。運作模式多以投資名義，以高額回報誘使受害人投資，看似與一般的證券基金的模式並無區別，但在龐氏騙局中，投資的回報來自於後來加入的投資者，而非公司本身透過正當投資盈利。

譯註2：格瑞納達（Grenada），加勒比海島國。

始劇烈敲擊，手指發麻。她必須離開這裡，但是該怎麼做？

「這樣啊，所以你們買了去多明尼加的機票？」現在她的語氣冷酷無情。她非常靠近，福星可以看到她眼睛裡的血管，可以聞到她的口氣。「不要再撒謊騙我，已經結束了，現在妳不可能再隱瞞我什麼。那筆錢非常驚人，我一定要找到，否則就走著瞧吧。妳知道錢在哪裡嗎？」

「我發誓，我真的不知道。」

「好幾百萬的錢，他從來沒有跟妳說過？」

「沒有。」

「如果那筆錢不快點出現，還會有人丟掉小命。而妳呢……」她往下瞥一眼福星的肚子。「……更是一屍兩命。我在乎這個孩子，但我不會犧牲自己。除了活下來，我什麼都不想要。如果妳也想活下來，那我們就必須合作找到凱瑞藏起來的錢。我們必須開誠布公，說出彼此知道的所有事。」這個場面好熟悉，她幾乎可以聽到凱瑞的聲音說著同樣的話：我們可以騙別人，但絕不騙對方。

「我發誓，我真的不知道錢在哪裡，我以為凱瑞拿走所有錢逃跑了。」

普莉希拉拿起桌上那張收據舉高。「就從這裡開始吧，這張清單究竟是什麼？能打開什麼？妳藏了什麼？」

「那是波伊西一個倉儲的密碼，我不能就這樣丟下所有東西。我有種預感，一定會出事……我知道凱瑞對我有所隱瞞，所以我把家裡一些值錢的東西藏在那裡……幾幅畫、一些珠寶、電子設備，以防萬一需要典當變現。」

普莉希拉低頭看那張紙，默默思考。「那好吧，」她說，「我們一起去波伊西，妳帶我去看，這樣我才能確認妳沒有騙我。」她站起來走向辦公桌，拿起行事曆。「星期五，我們開車去兜兜風，就我們兩個。」她在上面做記號，「我會告訴雪倫說找到妳的親戚，他們願意幫妳，所以要送妳過去。」她放下行事曆。「這幾天要是妳改變主意，決定告訴我這個密碼**真正**的用途，我很樂意聽。好了，去睡覺吧。把那隻噁心的狗一起帶走。」

二〇〇四年
愛達荷州，波伊西

第一年，福星非常勤奮。她在網路上課學投資，考取各種證照，然後開設小小的投資會計事務所。他們的新家位於波伊西北區，接近駱駝背公園，都鐸復興風格的房屋，車庫二樓就是她的辦公室。她慢慢累積客戶，為小生意商家管理帳務，也有越來越多個人投資客戶。她為客戶賺進的收益雖然不驚人，但非常穩定，她逐漸以此打響名號。

生活慢慢穩定下來，一切都很完美：他們的新生活、新房子。她好喜歡小小的角樓與環繞式門廊。福星工作的時候，凱瑞在車庫忙東忙西，有時去慢跑或在公園騎登山自行車。他煮飯、打掃，堅持說他也很幸福。

「我是妳老公，」他總是笑著說，「我很喜歡這樣的生活，我發誓。」但她感覺得出來他開始無聊了。有時候她下樓吃午餐時，會看到他在打電動或在沙發上睡覺。他們沒有朋友，兩人早已習慣不交朋友，因此凱瑞幾乎都一個人打發時間。

一天晚上，福星說：「我覺得可以考慮生個孩子。」一說出口，她立刻領悟到她多想當媽媽。她從沒想像過人生會有如此穩定的一天，甚至可以考慮生兒育女。但她終於走到這一步，夢想中的人生近在咫尺。

「我隨時配合，」凱瑞隨和地笑著說，「我想和妳一起共組家庭。」

一天晚上，她下班回到樓下，發現廚房餐桌上放著房屋仲介的文宣手冊。

「這是什麼？」她放下真皮公事包——這是凱瑞去年送的生日禮物，非常完美，雖然她只是拎著去車庫二樓再拎回樓下。

凱瑞倒了一杯紅酒遞給她。「我剛好看到十三街有家餐廳倒閉出售。我不知不覺站在路邊做起白日夢，於是我進去看，房仲帶我參觀。」

福星喝了一口酒。「你為什麼想看餐廳？」

他拉出一張椅子坐下，將文宣推到她面前。

「妳覺得呢？很適合吧？」

「適合什麼？我不知道你想重回餐飲業。我的工作才剛上軌道，我不確定有沒有錢付頭期款。」

「我懂，寶貝，我懂。」他站起來，盛出剛煮好的義式燉飯，端給她一碗，然後端著自己碗重新坐下。「重點是……我需要找回幹勁。妳知道的，妳這麼了解我。」

「可是我以為，說不定有寶寶之後……」

他好像沒聽見。「開餐廳我就有事可做了。在舊金山經營夜店的時候，我樂在其中，我沒想到會喜歡那個行業，但我確實喜歡。我很懷念，而且……呃，妳很簡單就能弄到頭期款，只要稍微改變一下做法。」

福星蹙眉。「改變什麼？」她明知故問，「這樣吧，我們先一起去看看那家餐廳，然後再來想辦法。」

最後他們買下那家餐廳——開業讓他們債台高築。

接下來幾個月，凱瑞越來越沮喪，精神壓力越來越大。搬來波伊西之後，他的生活有點無聊，但他隨遇而安；可是現在不一樣了，他幾乎每天都在餐廳待到深夜。他堅持開餐廳會帶給他快樂，結果卻恰恰相反。福星知道這樣想或許太自私，但她很懷念以前平靜的生活，他每天都在家，等她從車庫二樓回家。開餐廳之後，**兩個人**每天都又忙又累，似乎因此產生了隔閡。

「我需要錢，要擴大戶外用餐區才能和街上其他餐廳競爭。」

「我們沒有錢了。這次創業太勉強，我們已經砸了太多錢下去。」

「勉強？妳看不出來我有多重視這家餐廳嗎？妳的那些投資客戶，只要從他們的帳戶借一點就好。」他說，「等我賺到錢立刻歸還……一定沒問題。別這樣嘛，妳跟我說過那些新客戶多富有，他們不會這麼快就來察看本金。我保證，僅此一次、下不為例。就這一次，輕鬆就能解決問題。」

福星不斷告訴自己，這樣做並沒有造成真正的損害。客戶依然能拿到利息，想靠投資賺退休金的人也還是能賺到錢；公司帳戶裡的錢足夠應付利息支出。沒有人會蒙受損失，沒有人會因此受害。

但那並非唯一一次，從一開始就注定不會只有一次。福星原本很抗拒，但偷竊這種事她實在太得心應手，她幾乎沒有思考。凱瑞的心情改善很多，他開始放鬆，一切都回到原本的美好。只有一個遺憾：努力一年之後，她的肚子依然沒消息。

福星與凱瑞去看醫生，發現福星有子宮內膜異位症加上輸卵管阻塞，試管嬰兒是他們唯一的希望。但費用非常高昂，療程加上藥物必須花上好幾萬。

於是福星從投資帳戶借了更多錢。她和凱瑞做了兩次試管嬰兒，兩次都著床失敗。福星照鏡子的時候都認不出自己了。她變得疲憊憂鬱，注射荷爾蒙讓她變得情緒不穩，一下哭、一下笑。

一天晚上，凱瑞試探詢問：「既然妳這麼痛苦，不如放棄吧？」

「我不痛苦！」福星怒吼，「我不能現在放棄。我只是需要放鬆，減少工作量。」但根本不可能，他們欠了太多債。

「我一定會懷孕，」福星說，「我們再試一次，遲早會成功。一直以來我總是能夠讓心願成真，這次一定也可以。」

第13章

福星沿著普莉希拉之家的側邊走了一圈，接著站在陰暗處觀察警衛室和裡面的尼可。昨天中午她也做了一樣的事。雪倫從主建築出來，端一盤食物給尼可。他把腳架起來，拿出手機，開始吃三明治和沙拉，手指在螢幕上滑來滑去，全神貫注玩德州撲克。

福星繼續監視片刻，轉身抬頭看普莉希拉住處的窗戶。過去兩天她一直在觀察普莉希拉的作息：早上斷食，在園區裡逛一逛，和住客聊一下，慢慢喝蔬菜汁。她幾乎隨時緊盯福星——只有午餐時間例外。她上樓吃第一餐飯，做運動；私人教練來上課，她名叫小笛，身材健美迷人。出發去波伊西的日子越來越接近，到時候普莉希拉就會知道倉儲的事是她撒謊。她果然不該來這裡，希望不會因此賠上小命。如果要逃，如果要冒險，就是現在。

福星往後退，轉彎走進後院，珍娜在一張野餐桌前吃午餐。

「嗨。」福星過去坐在她旁邊，「我一直想跟妳說，我好喜歡妳的棒球帽。我是天使隊(註)的超級球迷，我原本也有一頂，可惜之前在聖塔莫妮卡海灘露宿的時候被偷了。每次看到妳的帽子，都讓我想起我的。」

「噢，真的？好慘。那個，要不要借妳戴？」

「不然我們來交換好了，妳戴我的……」福星取下印著炫麗拉斯維加斯字樣的帽子，「……我戴妳的。一天就好？這樣我會很開心。」

「好啊，沒問題。珍恩，妳比剛來那天開朗多了，我好高興。一定是因為那隻狗吧？牠真的好喜歡妳，因為牠，妳開始把這裡當成家了，對吧？我發現過去幾天妳變了好多，而且普莉希拉一直陪著妳！」

「可以這麼說吧，嗯。」福星停頓一下，「我想到了，妳這麼好心借我帽子，我想把太陽眼鏡送給妳作為報答。」

「**送**我？噢，不用啦，妳那副很貴耶。」

「嗯，這是我身上唯一值錢的東西了。不過呢，妳一直對我很好。來，拿去吧，別跟我客氣。」

「好吧，那我的給妳。」珍娜取下廉價的鏡面飛行太陽眼鏡遞給福星。

「謝謝。」她戴上，「好看嗎？」

「很酷喔。」珍娜說，接著看一下錶。「哎呀，糟糕……我聊太久了，今天輪到我遛貝蒂。」

「對喔！我忘記說了。我們的工作交換了，雪倫昨晚決定由我去遛狗，妳……妳洗碗。」

「啊……」珍娜笑著說，「難怪妳要送我太陽眼鏡。妳偷走了我的爽工作，害我得去洗碗，所以想補償我。」

「嗯，就是這樣。」福星強迫自己笑了一下，「對不起。還是朋友？」

「不用道歉啦。我不介意洗碗，而且貝蒂**真的**好愛妳，和妳一起牠會比較開心。祝妳遛狗愉快。」珍娜從旁邊的長椅上拿起牽繩交給福星。

「謝謝。」福星說，「等一下見。」

貝蒂在狗屋前面打瞌睡，但是一看到福星拿著牽繩走來，牠立刻站起來。福星戴上棒球帽和太陽眼鏡，把貝蒂的牽繩扣上，繞去園區側面。她低著頭、牽著貝蒂，直接從

譯註：天使隊（Los Angeles Angels），美國職棒大聯盟（Major League Baseball, MLB）球隊，位於洛杉磯。

保全室前面走過。尼可還在吃午餐、玩手機。她經過時模仿珍娜的動作舉起兩隻手指揮了揮，尼可連頭都沒抬。她打開閘門。片刻之後，她走在人行道上；閘門在她身後「砰」一聲關上，非常大聲，她的心跳感覺也同樣大聲。她全身每個細胞都想立刻拔腿狂奔，但她強迫自己慢慢走，讓貝蒂停下腳步嗅嗅花圃和消防栓，直到走到從普莉希拉之家看不見的地方。

一轉彎她立刻衝刺。她趕到倉儲出租公司，輸入背起來的密碼。無法開啟。

「**可惡**。」她再試一次。不對，她記錯了一個號碼，她知道。不過要是超過次數，門鎖將會鎖定，無法輸入。再試一次。她閉起眼睛回想密碼清單。想到了。這次對了，門鎖發出令人滿意的嗶聲，門開了。她進去之後關上門，將放在裡面的箱子搬過來墊腳，摸索煙霧探測器找藏起來的樂透彩券。

還在原處。福星拿出彩券時，因為瞬間安心而手發軟——但只有一下子。現在還不算安全。她拿出皮夾，將彩券放進去，雷耶斯的名片掉出來。她撿起來看。聖地牙哥三振基金會，司機。

「要是**妳**有車就好了。」她對貝蒂說，拾起牠的牽繩。狗狗疑惑地歪頭，福星嘆息。「算了，我馬上回來。」她把門鎖好，去停車場打公共電話。

「妳之前說如果需要幫忙就打給妳，妳現在在哪裡？」

「我剛剛送一個人去貝克斯菲(註)。」

「好，從那裡過來車程不到兩個小時。我需要幫忙，我需要妳載我一程。」

福星坐在雷耶斯的白色休旅車上望著窗外。剛才她盡可能解釋過狀況，目前不想說話了。街景在窗外掠過，現在她們離開了佛雷斯諾，往西前進。

「那麼……」雷耶斯終於說，「妳沒有先找我幫忙，反而跑去找普莉希拉？」

「我沒有別的人可以找了。我不信任她，但我也不信任妳。」福星喃喃說，「我根本沒有可以信任的人。」

雷耶斯跟著音響播放的音樂敲方向盤，嗤笑一聲。

「信任誰都可以，就是不能信任普莉希拉・勒闕斯。」

譯註：貝克斯菲（Bakersfield），位於美國加州中南部。

福星嘆息，轉過頭，視線離開窗外。

「我只是……我需要確定她知不知道凱瑞的下落。」

「她知道嗎？」

「她說他可能死了。」

「我不知道該有什麼心情。」

「我也是。」福星說。她閉上眼睛一下，腦海浮現凱瑞熟悉的臉龐。現在想到他，心痛的原因不一樣了。「我知道妳大概會覺得我很傻，因為妳一直很討厭他，但他是我的……」她沒有說完，因為她說不出口。那個男人背叛她，這麼多年一直欺騙她，徹底耍了她，但他曾經是她今生最愛的人。

「我懂。妳愛過那傢伙，很可能現在依然愛。真可惜，有時候即使頭腦清楚道理，心卻無法分辨是非。」雷耶斯說。

休旅車在高速公路上繼續行駛了幾英里，沒有人說話。

「呃，要在哪裡放妳下車？」雷耶斯問。

「最近的客運站，我要去紐約州。」

「妳打算帶狗坐客運？應該不行喔。」

「**可惡**。」福星瞥一眼後座的貝蒂，她完全沒想到可能無法帶貝蒂一起去。

「我願意載妳去紐約，但我兩天後有工作，必須去奧克蘭。不過我可以幫妳顧狗。」

福星咬著下唇思考。但她很清楚，除了坐客運，沒有別的辦法能去到媽媽的釣魚營區。「謝謝，」她終於說，「非常感謝。」客運站出現在眼前。「我有辦法接牠的時候再打電話給妳，我有妳的名片。頂多兩個星期。還有……等我去接牠的時候，一切都能解決了。」

「好，」雷耶斯說，「只要妳需要，我顧牠多久都沒問題。希望牠不介意長程坐車。」

「牠很隨和的。」

「如果有事聯絡，要怎麼找妳？」

福星搖頭。她不希望任何人知道她要去哪裡，現在還不行。

「妳不覺得應該要讓我能聯絡妳嗎？萬一貝蒂出事呢？萬一妳爸爸的聽證會有好消息呢？最近進展很好，這種事一旦開始就會進行得很快。」

「我會在戴佛如營區，靠近庫伯鎮。」

雷耶斯緩緩點頭。「有一次妳爸爸說過，他的前妻住在那裡，她是妳的……」

「生母，」福星說，「我有個東西要給她看，我希望她能幫我。」

「我也希望她能幫妳，妳非常需要幫助，真希望我能多幫妳一點。妳需要錢嗎？」

福星需要，但她不可能求雷耶斯施捨。

「我還有一點。」她說。

雷耶斯把車停在客運站的停車場。福星轉身把臉埋在狗毛裡。「我保證很快會來找妳。」她抓起背包下車。雷耶斯搖下車窗，福星說：「有一天我會報答妳。」

「不需要報答。祝妳好運，雖然我不知道妳打算做什麼，但希望妳的心願能夠實現。」

福星將背包掛在一邊肩膀上，站在原地看著雷耶斯關上車窗駛離，福星再次只剩下自己一人。

二〇〇八年八月
愛達荷州，波伊西

福星與凱瑞在門廊上吃晚餐。夏日漫長，到了傍晚依然暖熱。她懷孕了。第三次人工受孕終於成功，她已經懷胎一個多月。感覺太容易破滅、太缺乏真實感，但她還有其他煩惱。

她推開餐盤。凱瑞問：「妳沒事吧，寶貝？」

「我很擔心，」她承認，「景氣很差。越來越多客戶要求拿回資金……假使太多人來要，我恐怕會拿不出來。我們的夢想就都不能實現了，因為我從客戶那裡偷了太多錢。我必須全部歸還，那樣我們就完蛋了。」

「不會啦，我們可以先逃。」凱瑞說得很簡單。

「我們不能逃……」

「為什麼？」

福星轉開視線不看他，雙手放在依然平坦的腹部上。

「我們會失去一切：我們的家和餐廳，這段人生。我可能會遭到逮捕。」

「好吧，確實可能。不過，我們可以把能拿的都拿走，然後離開這裡。現在我們有孩子了，要為寶寶著想。妳知道，最近我也一直在思考這件事。大家都說金融危機會越來越嚴重，我認為妳應該把一些錢轉移到境外帳戶，今晚就做。我們需要做好跑路的計畫。」

「沒有那麼簡單。」

「就是那麼簡單。除非妳被逮到，所以妳千萬不能被逮到。」

「要把錢轉移去哪裡？我們要逃去哪裡？」

「嗯，我剛才說了，我最近一直在思考這件事……」

結果證實他確實想得很周到。他早就做好了整套計畫：祕密帳戶、一個叫作多明尼加的加勒比海島國——那裡對金融犯罪的引渡規定非常寬鬆。

那天晚上他們就開始動工。兩人一起去車庫樓上的辦公室，轉移資金；凱瑞搜尋機票。日子一天天過去，福星越來越害怕。每當有人來敲門，每當電話響起，她都擔心是警察看破了他們的手腳，上門來抓人。她幾乎沒日沒夜地忙碌，經常在車庫樓上的辦公室待到凌晨，想盡辦法掩蓋形跡，即使她很清楚，其實只要掩蓋他們的去向即可。

一天深夜，劇烈抽痛讓她醒來。身體下面的床單溫熱潮濕。她下床，就著灑進臥房的月光看床單，發現是血。只有她一個人在家。凱瑞還在餐廳，最近他也很忙，他說就快要離開了，有些準備要先做好。

福星沒有打電話給他。她去洗手間，坐在馬桶上努力不哭。她等待著，她希望會停，但沒有。很快，她再也無法否認。寶寶沒了，貝蒂陪她熬過最痛苦的時刻，因為擔憂而輕聲哀鳴。當福星受不了劇痛倒在浴室地板上，貝蒂過來推推她，希望她能站起來。現在貝蒂跟隨福星去到後院，看著福星將包在面紙裡的小東西埋在花園裡。福星擔心貝蒂會去挖，但狗狗只是站在福星身邊，神情肅穆地看著新填起的小土堆，彷彿知道裡面埋了什麼東西、代表什麼意義。

都是她不好。福星告訴自己。最近她太操勞，操勞過頭了。過去幾週，她幾乎完全沒有想到寶寶。她不是好媽媽——她沒有媽媽，沒有機會耳濡目染。她心中也有一部分認為，寶寶知道她不是好人，所以不想出生當她的女兒，於是逃跑了。

女兒。

福星永遠無法確定是不是女兒。

她回到屋內，清理浴室地板、洗床單。凱瑞回家時，她告訴他寶寶沒了，但她的眼淚早已流乾。她在黑暗的臥房裡低聲說出，態度沉靜。之後，在寂靜中，她不禁自問，這幾個月他們忙忙碌碌究竟是為了什麼，這些年的努力又是為了什麼。偷那麼多錢的目的是什麼？他們究竟為什麼需要那麼多錢？他們為了錢犧牲了多少。

但金錢與掠奪會讓人上癮。福星很清楚，已經不能回頭了。或許展開新人生之後，她也能變成新的人。

天亮時，凱瑞勸她去看醫生，但她不肯。她已經起床換好衣服了。

「我沒事。很快我們就要去多明尼加了，到時候我有大把時間可以休養。」

她腦中有個聲音喃喃說：*這一切究竟為了什麼？*但她不理會。她持續前進，因為她只知道這個辦法。

第14章

兩天後，福星狼狽不堪、精疲力竭，終於抵達紐約州。她沿著公路走向接近庫伯鎮的戴佛如營地。莫華克河就在旁邊，隔著公路與樹林，水流顏色有如松針，流速緩慢。遠方矗立著阿第倫達克山脈。終於她看到一個招牌，棕底黃字，上面寫著：歡迎光臨戴佛如營地，來到這裡就像回家。鋪著碎石的泥土路盡頭有一道單薄的圍籬，道路兩旁長滿歪七扭八的松樹，有些樹葉發黃好像生病了，一兩棵顏色深綠感覺還很健康，但每棵樹都有同樣的警告標語：私人土地，禁止擅闖。牌子直接釘在樹幹上，高低不同。

路的一邊有一座老舊棚屋，油漆原本可能是紅色，現在變成橘色，而且滿是汙垢條紋；另一邊則是汙濁的池塘，再過去是一道柵欄，最後是一片牧草地，上面有三匹髒兮兮的成馬，以及一匹O形腿的小馬，短短的鬃毛豎立。

一匹馬小跑步到柵欄邊對她嘶鳴。

她轉身繼續順著車道往上走。終於營地本體出現在眼前：兩棟附屬建築、幾十間活動式組合屋，有些外牆是樸素白色、灰色、棕色，有些裝了遮雨棚、門廊，小花園塞滿裝飾品。最靠近她的那棟，窗戶上掛著一個牌子，寫著：我們不會報警。另一間屋子的藍漆褪色，掛著「辦公室」牌子。福星走過，鞋跟陷入軟軟泥地。

她聽見一個男人的聲音大喊：「葛蘿莉雅！」她停下腳步。

「幹嘛？」一個粗嗄的女性聲音回答。福星往聲音來的方向看過去。前面有條髒兮兮的寬敞小徑，一個女人開著高爾夫球車過來，速度像在參加印第五百賽車（註）。福星站著不動，那個女人踩煞車停在一個男人面前。他穿著格紋襯衫，沒有扣上鈕釦，露出巨大的啤酒肚，皮膚撐得很緊，感覺應該會痛。碎石與塵土飛揚，骯髒又充滿惡意，將那個男人整個包圍之後才落下。

「葛蘿莉雅，公用浴室的馬桶又堵塞了。」他說。

福星站在原處，享受第一次看到媽媽的感覺。

「為什麼你不去修？」

「因為那是**妳的**工作，我的職務不包括通馬桶。」

「真不錯啊。看來這裡的大小事都不是你的職務呢，加斯，我早該開除你。」

「妳動不動就拿開除威脅我，不如乾脆真的開除我算了。」

「好！你被開除了，給我滾出去。」

葛蘿莉雅跳下高爾夫球車，站在他面前用眼神壓制。她比他高，大骨架，一頭暗褐色亂髮。終於他轉身走向河邊，坐上一艘錫製小漁船。他拉了幾次拉繩都無法發動引擎，好不容易終於成功，他在引擎噪音中航向午後的遠方。福星等了幾秒，才走向葛蘿莉雅。

葛蘿莉雅看見她。「有什麼事嗎？」她問，語氣很冷淡。

福星張嘴又閉上，言語化作塵埃。

看著葛蘿莉雅無神的棕眸、發黃的膚色、小鼻子、薄嘴唇，五官沒有一處與福星相似。福星開始覺得說不定弄錯了。但她究竟期待什麼？媽媽和自己長相一模一樣只是比較老？這一刻意義深遠？

對，她期待會這樣。

「葛蘿莉雅．戴佛如？」

譯註：印第安納波利斯五百英里大獎賽（Indianapolis 500），簡稱為印第五百（Indy 500），從一九一一年舉辦至今。

「可能是也可能不是，妳哪位？」她瞇起眼睛打量福星。

「我在鎮上聽說這裡在徵人。」

「聽誰說的？」葛蘿莉雅一手插腰。

「餐館，」福星說，「我聽見有人交談的時候說戴佛如營區的葛蘿莉雅總是威脅要開除加斯，遲早有一天她會狠下心。我剛到這個小鎮，心裡想，嗯，說不定就是今天。看來真的是。」

現在葛蘿莉雅的表情多了點幽默，至少沒有剛才那麼生氣了。「啊，真是的，原來這些年來大家一直等著看我什麼時候開除加斯。妳做過什麼工作？」

「呃，主要是服務生，但我也管理過——」

「有推薦人嗎？」

「呃……」

「履歷呢？」

「沒有。」

「妳該不會是為了躲神經病前男友跑來的吧？該不會哪天他跑來這裡鬧事？」

樂透彩券藏在福星的胸罩裡，她的胸部感覺到光滑紙張。「沒有，沒有神經病前男友，只有我一個。」

葛蘿莉雅上前一步。福星聞到一股怪味，可能是她有口臭，也可能是她手中馬桶吸把的臭味。「妳叫什麼名字？」

「莎拉．阿姆斯壯。」她說出阿姆斯壯這個姓氏之後，仔細觀察葛蘿莉雅的表情，但她毫無反應。

「莎拉，這裡是釣魚營區兼組合屋園區，不是什麼豪華露營區，那幾匹馬也賺不了什麼錢。」福星點頭，保持安靜。「在這裡工作不好玩，一點也不好玩。聽懂了嗎？這樣吧，為了證明有多不好玩，如果妳真的想來上班，那麼第一個任務就是去通公用浴室的馬桶，願意嗎？」她遞上吸把，福星接過。

「只要通了，我就能來上班？」福星問。

「只要通了，妳就有工作了。薪水付現，一天五十元，每週支付。先別嫌少，可以免費住宿，我相信妳應該很需要。剛好有間小屋空著。馬桶不能用，但妳可以用公用浴室。前提是，妳要把馬桶通好。」

「成交。」福星拿著吸把大步走向公用浴室。*那是我媽媽。*她想著，目送葛蘿莉雅駕駛高爾夫球車高速遠去。*我媽媽叫我去通馬桶。*她不知道該不該狂笑。從來沒有媽媽的人怎麼會知道應該有什麼感受？

福星成功通好馬桶之後——這次的經歷她不願意回想，更不願意重溫——葛蘿莉雅揮手要她上高爾夫球車。她帶她去到一個靠近河邊的小木屋，綠色檔雨板，外牆白漆剝落。葛蘿莉雅猛踩煞車，激起一堆灰塵飛進福星的眼睛裡。她抹了抹，想讓視線恢復清晰。

「妳沒事吧？」

福星咳嗽點頭。

「那就好。上班時間很早，早上六點半去辦公室報到，上面有個很明顯的牌子寫著「辦公室」，妳一定能找到，那個方向。明天見。」福星才剛從後座拿起背包，葛蘿莉雅已經高速絕塵而去。福星站在原處目送她遠去，直到看不見。

她走進木屋。寒酸米色浴室的馬桶確實不能用，但洗手台可以用。所有東西都是米色，包括塑膠浴簾，所有東西都有水垢。她打開水龍頭等水變熱。熱水來了，她用肥皂清洗雙手，一路往上到手肘，然後走出浴室，拎著背包進臥房。空間很小，仿木牆板，小小的窗戶位置太高，她看不到外面。有股奇怪的味道，像是用芳香劑掩蓋腐臭。

她動手整理少少的行李，打開抽屜放進內衣褲，抽屜發出刺耳抗議。衣櫥裡有幾個鐵絲衣架，全都擠在一起，她掛起一件襯衫，所有衣架齊聲喀啦喀啦表示反對。

她拿出藏在胸罩裡的彩券，稍微撫平，仔細檢查有沒有破損，再小心摺好放進皮夾。整理行李只花了一分鐘。她走出臥房，在小屋裡繞一圈，客廳有個小廚房。家具很少：軍綠色粗糙布沙發，上方的牆面掛著一個固定在木板上的狗魚標本。窗戶邊有一張木椅，廚房裡有張錫面餐桌和兩張不成對的椅子。漆成白色的櫥櫃裡有幾個發霉的杯子和盤子。她知道這裡很寒酸，但至少可以遮風避雨。在這裡她可以安靜獨處，而且媽媽就在不遠處。福星打算慢慢了解她，再告訴她中樂透的事。一定會順順利利，這是全新的開始，接下來的人生會更好。

後門上掛著一個軟木板，上面列出各種規定：

禁止室內吸煙。禁止點蠟燭。禁止明火。禁止移動家具。禁止開派對。晚上十點之後禁止大聲播放音樂，若不遵守將**報警**。**只限**殺魚處可以殺魚！禁止在後面露台殺魚，木屋裡的廚房也不行！

雖然殺魚讓福星覺得噁心，但空空的肚子還是咕咕叫。反正她沒有釣具，沒辦法釣魚。老實說，她真希望有。她習慣性地打開冰箱，裡面什麼都沒有。她站在冰箱前面，讓冷風吹涼臉和身體，然後關上門。

客廳的一扇門通往外面的木板露台。露台俯瞰河流，旁邊長滿松樹。她走出去，腳趾碰到一灘樹汁，那是旁邊的樹滴下來的。她看著緩慢流動的河流片刻，希望能忘記肚子餓。

接著她回到屋內穿上鞋子。她走出木屋，沿著灰塵飛揚的車道前進。走出營區之前，她去和馬打招呼，牠們全部聚集在柵欄旁。她摸摸其中一隻柔軟的鼻頭，心中記住明天要問葛蘿莉雅牠們叫什麼名字。她沿著馬路走去最近的小鎮，距離不遠。歡迎牌上寫著這裡是杜佛亞許鎮，居民五百四十三人。鬧區只有一間加油站、一間用木板封起門窗的禮品店、一間櫥窗髒兮兮的披薩店、一間雜貨店。

福星走進雜貨店，拿了一個籃子，在狹窄的走道間慢慢逛。拿了咖啡、花生醬、幾個撞傷特價的蘋果。她邊拿邊心算，結帳金額不能超過二十元：一條麵包、幾盒起司通心麵、一包沙拉、幾條穀麥棒、一瓶牛奶。

「一共十九點二一元。」收銀員說。福星給她一張二十元紙鈔，再趁收銀員打開收銀機時，從皮夾拿出最後一張二十元紙鈔。「可以幫我換小鈔嗎？四張五元？」她問。

「沒問題。」收銀員清點出四張五元紙鈔交給福星，準備關上收銀機。福星以迅雷不及掩耳的速度將一張五元鈔票藏在袖子裡，這招是爸爸教她的。「哎呀，不好意思，妳只給了我十五元。」她將三張五元鈔票成扇形攤開。

「對不起，我明明記得數了四張五元呢，」收銀員說，「不過現在我不能開收銀機了，請妳等一下喔。」

「卡拉，沒關係啦。」另一個聲音說，「來，這張五元先給妳，等一下卡拉再給我就好。」

福星轉身。那個人是葛蘿莉雅，眉毛高高揚起。「拿去吧。」她說。福星接過紙鈔，感覺臉頰因羞恥而發燙。她知道葛蘿莉雅看到她藏鈔票欺騙收銀員。

「謝謝，」福星說，「回營地見。」她拿起裝東西的紙袋，一手抱著走出去，但葛蘿莉雅迅速結帳之後跟著出去。

「嘿，」她追上福星，「我載妳。」她指指一輛暗紅色皮卡車，「那是我的車。」

福星上車。葛蘿莉雅將車掉頭，駛出停車場。「那招妳在哪裡學的？」她打方向燈準備左轉，「藏錢的動作快到就算看見也會懷疑自己的眼睛，我只看過一個人有這種速度。他也姓阿姆斯壯，和妳一樣，約翰．阿姆斯壯。你們是親戚？他是我前夫。老天爺，其實我們根本沒離婚，但我已經快三十年沒見過他了。」葛蘿莉雅從座位下面拿出一個扁酒壺，邊開車邊喝，然後將酒壺朝福星這邊歪了歪。「要喝嗎？」

福星的心跳非常快。她接過扁酒壺。天曉得裡面裝了什麼，但她的喉嚨感覺像被火燒。她強忍住，不噴出來也不咳嗽。她原本希望只喝一口就能帶來勇氣，但她必須再喝一口才能說出：「對，我是約翰．阿姆斯壯的親戚。」

「沒想到他還有活著的親戚。他很小的時候就因為車禍失去了家人。老天，我好多年沒有想到他了，他還好嗎？」

「在坐牢。」

「一點也不奇怪。」葛蘿莉雅再次把酒壺遞過來，但福星搖頭。「妳常和他見面嗎？有去探監嗎？」

「我是他的女兒。」

葛蘿莉雅猛踩煞車，卡車在碎石路上打滑。她把車開進通往營區的小路。

「他的**女兒**？」她把車停在她的組合屋前面。

就是現在，一定要說出來。福星拉出藏在T恤下的十字架，轉身面對葛蘿莉雅，將鍊墜舉高。「我也是妳的女兒，妳在皇后區拋棄的那個女兒。」

葛蘿莉雅低頭看著福星帶在脖子上的十字架。

「妳在說什麼鬼話？這又是什麼鬼東西？」

「我是妳的女兒，這條項鍊是妳留給我唯一的紀念品，他說妳……」現在見到葛蘿莉雅本人之後，這句話感覺太荒謬，但她還是強迫自己說出來。「他說妳非常虔誠。這個十字架原本是妳的，妳走的時候把這個留給我。因為妳受產後憂鬱症所苦，不能繼續留在家裡，才離開我們。我原諒妳，我只是想多認識妳。」

葛蘿莉雅放聲狂笑。「他跟妳說的？哈。」她伸手摸摸福星項鍊上的十字架，用滿是老繭的手捏了捏，再放開墜子。「我不是妳媽媽，我沒有孩子。我在青春期的時候因為感染，生孩子需要的器官全都拿掉了。約翰說他不介意……但後來他又想要孩子。有一天，他帶著一個孩子回家，我猜應該就是妳。」

「妳猜……是我？」

「我就是因為這件事才會離開他。簡直太瘋狂了，他看到妳被放在教堂台階上，竟然就這樣撿回家。他應該報警才對。」

福星呆望著她。葛蘿莉雅在說什麼？她是約翰撿回家的？

葛蘿莉雅瞇眼看十字架。「他抱著妳回家，胡亂解釋了一堆，說什麼在教堂台階上發現妳，騙一個修女說妳是他的孩子，然後修女把那條項鍊送給他，讓他當掉去買奶粉和尿布。他經常帶不屬於他的東西回家——但嬰兒倒是第一次。」

福星多希望葛蘿莉雅只是撒謊。她伸手抓門把，不知源頭為何的羞恥讓她臉頰發燙，淚水凝在眼眶。她才不要坐在葛蘿莉雅的車上，因為自己真實的身世大哭。

「等一下，」葛蘿莉雅說，「別走嘛。這件事太震撼，我懂。不過妳一定是走投無路了才會來找我，對吧？說不定我們可以搭檔。」

「搭檔？」

葛蘿莉雅將扁酒壺遞過來，福星麻木搖頭。「我受夠了這個鬼地方，受夠了這樣的生活，妳懂吧？那個……看到妳讓我想起約翰，雖然和他在一起很糟糕，但那時候我有很大的夢想。到了我這把年紀，想要實現夢想，看來只有一條路了，而且是捷徑。既然妳是約翰·阿姆斯壯養大的，一定懂我的意思。」

福星用力捏住十字架，用力拉扯。她想扯斷項鍊，但怎樣都扯不斷。

「住在營區的大多是老人。我在想，是不是有辦法能從他們身上弄一點錢，而且不會引起懷疑。妳懂吧？沒有搭檔很難成功。可是現在妳來了，約翰．阿姆斯壯的女兒，藏錢的動作超快。我相信他教妳的應該不止那一招，對吧？」她逼問。

這次當葛蘿莉雅遞上扁酒壺，福星接過去喝了一大口，任由酒精燒灼，一路延燒到食道。「當然。」

「妳說呢？我們兩個合作，有沒有辦法可以快速發財？」

福星討厭這種感覺，但那種彷彿香檳氣泡的興奮感在血液中奔竄，完全無視她的意願。她突然感覺生氣勃勃，突然相信自己得到大好機會，可以出人頭地、成就非凡。即使她知道葛蘿莉雅不是她媽媽，但長久以來她一直渴望能得到葛蘿莉雅的愛，現在當然不能放棄這個機會。

看到妳被放在教堂台階上，竟然就這樣撿回家。

她閉上眼睛一下。她什麼都不是，只是垃圾。

「葛蘿莉雅，我有用不完的點子。前方永遠有更光明的未來，真的有，對吧？說不定真的有。」

幾天之後的早上，住在十一號小屋的艾爾・辛屈老先生皺著眉頭，努力用白內障的眼睛看著葛蘿莉雅與福星，她們站在他家前面的露台上。

「真的嗎？」他問。

「恐怕是真的，艾爾。」葛蘿莉雅說，「這是我的姪女莎拉，她是學建築的，剛畢業，我請她來幫大家免費檢查一下小屋。」福星現在也皺起眉頭，因為她們講好的不是這樣。「建築」這個詞太籠統；葛蘿莉雅應該要說「結構工程」，但她顯然忘記了。艾爾似乎沒察覺。他獨居，養了一隻調皮搗蛋的狗作伴，名字叫馬特；昨天福星經過他的小屋時，他微笑揮手打招呼。現在福星很慶幸自己戴著太陽眼鏡，因為她無法正視他的雙眼。但她必須做這件事，必須和葛蘿莉雅合作一陣子，摸清楚是否能信任她，是否能安心將彩券交給她。福星必須多了解她一點，這樣以後請她幫忙領彩金的時候，才不會覺得自己將生命中最重要的事託付給陌生人。

「我們會檢查園區裡所有人的房子。我和莎拉會自己動手整修，這樣你們可以節省材料費和工錢。只要六百，包修到好。如果付現，稅就由我們出。」

他嘆息一聲。「那好吧，這個週末給妳錢。」

「沒問題，艾爾。我們會盡快開始修理你的牆腳通風口。」

她們走向下一間組合屋，敲敲門，彎腰察看下方，宣布這家沒問題——雖然看起來和艾爾的一模一樣。接下來兩家也沒事，隨後她們在這一排又發現兩家的牆腳通風口有同樣的問題。

她們花了幾天的時間檢查園區所有組合屋，只有兩個住戶表示不滿，揚言要聯絡自己認識的專家來檢查。「他們不會真的打，」葛蘿莉雅對福星說，「看到其他住戶的房子完成修繕，他們會越來越擔心。他們會給錢的，相信我，我很了解這些人。說真的，這個點子實在太厲害了。妳真聰明。」

「謝謝。」福星說，這句讚美帶來一點索然無味的喜悅。

「要不要一起吃晚餐？我不是什麼大廚，但我的冷凍庫裡有千層麵，冰箱有啤酒。或許也可以來點紅酒，好嗎？」

「噢，太好了。」福星想到冰箱裡還有一包快乾掉的萵苣。「我帶沙拉——」

「不用啦，千層麵裡的蕃茄醬就是蔬菜。我把千層麵放進烤箱，妳先去門廊坐著休息。我們忙了一整天，需要放鬆。」

從葛蘿莉雅家的前露台看過去就是養馬的草地。福星坐下欣賞夕陽餘暉中的馬兒。小馬在草地一邊小跑步跑來跑去，一個住在組合屋園區的小女孩趴在柵欄上看她，三匹成馬在乾草堆旁逗留。

福星聽見門廊地板的嘎嘎聲響。葛蘿莉雅出來了，兩手各拿著一罐藍月啤酒，瓶口插著柳橙片。「看到沒，為了妳，我可是拿出高級酒喔，我很難得有客人。」

蘿莉雅將柳橙片塞近瓶子裡，喝了一大口，福星也跟著喝。「我有一次在餐廳看到他們這樣弄，我回來自己試了一下，還真是好喝。」葛蘿莉雅說。

等了一陣子之後，葛蘿莉雅從烤箱拿出千層麵，用兩個邊緣印花的塑膠盤盛裝，又拿了餐巾紙和刀叉，就放在腿上吃。她還找出一瓶滿是灰塵的紅酒，這是之前園區裡的住客送她的聖誕禮物。「我收起來準備等有客人來一起喝，」她說，「可惜從來都沒有。」

味道偏酸，但福星還是喝了。她很緊張。她不停想像告訴葛蘿莉雅彩券的事，請她幫忙領獎。一旦說出口就無法回頭了，但是除了葛蘿莉雅還有誰能幫她做這件事？

不久之後葛蘿莉雅說：「對了，妳知道嗎？我有幾張約翰的舊照片，我們還在一起的時候拍的。我知道他不是妳真正的爸爸……不過妳想看嗎？」她沒有等福星回答。她走進屋內，拿著一個信封回來，裡面裝著幾張立可拍照片，全都是葛蘿莉雅與約翰的合照，將近三十年前拍的。沒想到當年的葛蘿莉雅是個大美女，臉蛋俏麗、身材苗條，她對約翰微笑，彷彿他是她見過最美好的人。他也用同樣的眼神看她……但是只要他想，對誰都可以這樣。福星很清楚。

葛蘿莉雅放下照片，喝了一口酒。「那一陣子我真的很愛他，他常說只要我們在一起，什麼都能做到，我是他的一切。」

福星喝光杯中的酒，葛蘿莉雅重新斟上。

「以前他也對我說過一模一樣的話。」福星說。

「對不起，」葛蘿莉雅說，「妳實在很慘。真希望我能多幫妳一點。」她搖搖快空的酒瓶。「我家還有更烈的好東西，真正能讓人放鬆的那種，要不要喝啊？」

「好啊，當然要。」

幾分鐘後，葛蘿莉雅端出來歷不明的私釀酒，福星照喝不誤，大口乾杯之後又遞出杯子要。「酒量不錯喔，」葛蘿莉雅說，「喝完心情就會好了。」

葛蘿莉雅的嘴唇和牙齒都被紅酒染成紫色，頭髮比平常更亂。她坐下，繼續說個不停。福星想要集中精神聽她說話，但那不知道是什麼的酒太烈，她的視線越來越模糊，依稀聽見葛蘿莉雅說：「我叫他帶妳去警察局，妳知道，他不肯，我就離開他了。我們就這樣結束了，後來再也沒有見過他。雖然有時候我也會好奇後來他怎麼處理這件事。希望他難得一次做出正確的決定。我以為只要換個幾天尿布、失眠幾個晚上，他就會改變心意，看來沒有。」她繼續說下去，福星閉上眼睛。終於葛蘿莉雅的聲音變成只是雜音，融入蟋蟀與蟬的叫聲，以及外面公路卡車高速駛過的聲音。不知道什麼時候，她感覺到葛蘿莉雅拿來一條毯子蓋在她腿上，接下來一切歸於寧靜黑暗，福星睡著了。

二〇〇八年九月
愛達荷州，波伊西

「凱瑞！你在哪裡？」

她驚恐的叫喊讓凱瑞匆忙下樓，腳步聲很重。「妳沒事吧？」

「貝蒂不見了！幾分鐘前我放牠去院子，結果牠……牠不見了。」

他們兩個花了好幾個小時在社區走了一圈又一圈，呼喊貝蒂的名字。後來兩人印出尋狗告示張貼在電話柱上，最後凱瑞必須去餐廳。福星在家中枯坐，手機放在身邊，低頭看著為了帶貝蒂去多明尼加而準備的文件，止不住眼淚。她最近很忙，所有心思都放在準備轉移去海外的資金上。心裡有個聲音說她沒有做錯事，只是像平常一樣做那些事而已，但她不肯聽。

凱瑞回家後，福星對他說：「很可能有人把她帶走了，貝蒂不會自己跑掉。」

「說不定牠察覺我們要離開，但是牠不想走。不要再為這件事擔心了，好嗎？妳沒辦法解決，我們不能留下來。」

「我怎麼可能不擔心牠？牠是我僅有的——」她差點說出牠是我僅有的一切。但是不對，她有凱瑞；他們有錢。她必須開始相信那些她實際能掌握的東西才最重要。

貝蒂沒有回家。幾天過去了，到了他們該出發的日子。

「會不會有人找到貝蒂？我們不能延後出發嗎？幾天就好？」

「我們不能留在這裡，」凱瑞說，「我們會被逮捕。股市又跌得更低了，今天有多少客戶打電話給妳要求拿回資金？」

「太多了。」福星承認。

「寶貝，時候到了。我們必須離開這裡，我們已經拖太久了。」

但感覺就是不對勁。她有種預感，要是他們就這樣走掉，以後絕對會衰運連連，即使原本有可能獲得幸福人生，也會因此失去機會。她依然不肯放棄希望，說不定會有人找到貝蒂之後聯絡他們。

「我有個好主意，」福星說，「我們去拉斯維加斯好不好？沒有更好玩的地方了，而且那裡很安全。我們很清楚怎麼做才不會被認出來。」突然間，她感覺不去不行。就好像只要去拉斯維加斯，就可以按下重設鍵，讓她的人生從頭來過，也可以多爭取一點時間。「我們失去太多，需要做點特別的事——來個轟轟烈烈的盛大告別。你覺得呢？我們就要遠走高飛了，最後玩一下？」

凱瑞將她擁入懷中，低頭看她。

「去到那裡妳會開心起來嗎？我真的很不想看到妳這麼難過。」

「一定會。」

「好吧，」凱瑞說，「在美國多待一晚上也沒差吧？沒有人會跑去內華達州找我們。」

第二天，他們坐上銀色奧迪，出發上路。

第二部

一九八二年二月
紐約市

那天夜裡，嬰兒在聖莫妮卡禮拜堂的台階上啼哭，一個穿著閃亮皮鞋的男人注視她的雙眼說：「這是我的孩子。」事情解決之後，瑪格麗特．吉恩回到床上，但她睡不著。破曉時，她去見其他修女，詢問是否通過了望會生實習。她們說已經決定准許她加入修道會，她心中有種出乎意料的感覺：無比深刻的如釋重負，近乎狂喜。突然間，這就是她最大的心願：救贖自己、救贖他人。

幾週後，瑪格麗特．吉恩修女——現在大家都這樣稱呼她——聽到一名年輕女子在教堂詢問那個被留在台階上的嬰兒。

「那天晚上妳負責守夜，有沒有聽到什麼動靜？」其他修女問她。

「沒有，當然沒有。」瑪格麗特．吉恩修女說。她們沒有懷疑，畢竟，誰會為了這種事撒謊？可憐的孩子，修女們全都說。真可憐，她一定是精神有問題。

瑪格麗特．吉恩修女立刻明白她們說得沒錯，那名少女確實快要傷心到發狂了。現在的瑪格麗特有如再世為人，變成以幫助、救贖別人為己任的修女，洗心革面，徹底揮別過去的自己——那個詐取他人錢財後，畏罪而躲起來的壞人。她要幫助這個年輕人。

她走到台階前，少女在底下的人行道上垂頭喪氣慢慢走，姿態盡顯沮喪。少女的一頭紅髮有如烈焰，她一眼就看到了。瑪格麗特．吉恩修女跟在她身後，思考該說什麼、怎麼說，終於距離夠近了，她伸手碰一下少女的肩膀。

「把你的鹹豬手——」

「不、不，我不會傷害妳，」瑪格麗特．吉恩修女說，「我想幫忙，請跟我來吧。」

少女的眼神流露希望——那雙眼睛的顏色非常特別，罕見的綠，有如翡翠；也很像萊姆口味的硬糖，瑪格麗特．吉恩小時候幾便士就能買到的那種。

「妳知道我的寶寶在哪裡嗎？」

「我請妳吃早餐，我們慢慢聊。」

瑪格麗特．吉恩修女印象中附近有家小餐館，以前她經常在那裡慢慢和詐騙對象混熟，他們全都是生病或年老的獨居人士。她會慢慢進入他們的生活，最後進入他們的遺囑。她有一套系統化流程，而且嚴重上癮。她騙到的錢多到不知道該怎麼處理。她告訴自己，她並沒有造成實質傷害，反而是讓那些人在生命最後的階段過得快樂。不過，在修道院讀了那麼多聖經之後，她學到一件事：偷竊就是偷竊。就是偷竊。

少女沉默不語，眼睛睜得很大，眼神焦慮，於是瑪格麗特・吉恩修女作主點了兩份早餐：鬆餅、煎蛋、馬鈴薯、水果、咖啡、柳橙汁。看得出來年輕人餓壞了。瑪格麗特・吉恩修女看著她吃，問她叫什麼名字。

「薇樂莉・曼恩。」

瑪格麗特・吉恩修女發現薇樂莉的上衣胸口濕了一片，於是脫下毛線外套讓她遮掩溢乳的痕跡。她想問她是什麼人，從哪裡來，為何將孩子放在教堂台階上——但這個問題會暴露瑪格麗特・吉恩修女的祕密；薇樂莉會知道她看過寶寶，而且讓陌生人抱走。她想要救贖，但不希望虧心事曝光，於是她以最擅長的方式解決：編故事。

「我……」瑪格麗特・吉恩修女停頓一下，然後重新開始，「我有靈視能力，因為這樣小有名氣。我在靈視中看過妳的寶寶。我做了一個很長、很真的夢，在夢裡看到她。她很漂亮，頭髮像妳一樣，哭聲很頑強、很有力。」

薇樂莉放下叉子。「妳看到她了。」她說，綠眸的眼神非常專注，有如雷射。

「在我心中，」瑪格麗特・吉恩修女糾正，「在夢裡。」

「也就是說，妳相信我真的把寶寶放在教堂前面了？」

「我相信，我知道她曾經在那裡。」

「妳還知道其他事嗎？現在她在哪裡？」

「她很安全，」瑪格麗特．吉恩修女說，「有人愛她。」她閉上雙眼，彷彿看著那個嬰兒。要讓別人相信妳說的話，首先自己要真心相信。「一對夫妻把她撿走了。他們發現她被放在台階上，因為他們一直祈禱能有孩子，所以認為她是奇蹟，於是兩個人把她抱回家。不用擔心，她很安全，受到很好的照顧。這些全都是真的。」

薇樂莉坐著，一動也不動，叉子早就被她遺忘。「所以，有人抱走她？」

「一對夫妻，她很安全。」

「他們住的房子好嗎？我爸媽發現我懷孕之後就把我趕出來。我的男朋友搬去德州了。」

「她很健康、很平安，那對夫妻很愛她，我保證。」

「可以報警嗎？可以找到他們嗎？」

「妳真的想找回她？」

瑪格麗特．吉恩修女看著薇樂莉，看著她轉開視線，流露恐懼。

「拋棄幼兒是刑事罪。要是我想找回她，就必須承認我的罪行。」薇樂莉的一滴眼淚落在美耐板桌面上。

「孩子，妳住在哪裡？」

薇樂莉抬起頭。「目前住在收容中心。」她說，接著嘆息，「妳知道嗎？我曾經有很大的夢想。我下定決心要留住寶寶，好好養育她。但她出生之後，我好孤獨，沒有人幫忙、沒有錢，什麼都沒有，所以我就那樣……失控了。我看到未來的人生會變成什麼樣子；我看到收容中心裡其他帶著孩子的女人，她們的人生毫無希望。我突然決定女兒應該有機會獲得更好的人生，我為她取名茱莉雅。」她雙手摀著臉，肩膀抖動，雖然哭得很用力，但沒有發出聲音，有如內心的尖叫，沒有引起任何注意。「我好害怕。我做錯了，我以為說不定……我想把她交給能幫她找到更好未來的人，這樣我可以繼續讀完高中、上大學、出人頭地。即使我們必須分開，但至少都能有光明的未來。我認清要是她繼續和我在一起，我們兩個一輩子只能在最底層，我們甚至可能會餓死。我決定要做出犧牲，這是為她著想。我相信……但我怎麼能做出這種事？今天早上我醒來，領悟到要是沒有她，出人頭地也沒有意義，於是我回來找她。但她不見了。」

瑪格麗特．吉恩修女說：「我會幫妳。」現在她的腦子快速轉動，說話的速度也跟著變快，不給自己機會改變心意。她想著銀行裡沒有人知道的那一大筆錢，她理應將那筆錢捐給教會，但她沒有。把錢用在這裡更好。「去找間公寓，然後回來教堂帶我去看，租金由我支付。妳先完成高中學業，在妳高中畢業之前，我們每個月在這裡見一次面，思考之後的計畫。」

薇樂莉的綠眸圓睜。「為什麼？為什麼妳要幫我？」

「我在靈視中看到的事，其實是神的旨意，要我做出奉獻。我會贊助妳。這樣一來，即使拋棄了孩子，妳也不必犧牲自己的人生。我相信妳一定會有出人頭地的一天。」

薇樂莉瞇起那雙美麗綠眸注視她片刻。瑪格麗特．吉恩修女擔心薇樂莉會開始質疑她的動機。幸好沒有發生。薇樂莉只是點點頭，繼續吃早餐。

瑪格麗特．吉恩修女問薇樂莉：「妳最想成為什麼？」

「我一直很想當律師，」薇樂莉回答，視線沒有離開盤子，「法官也可以，檢察官也不錯，我也不知道，總之，我希望能做大事。」

「不要放棄這個夢想，」瑪格麗特．吉恩修女說，「去找住處吧。每個月一日我們在這裡見面，約好了？」

薇樂莉點頭說：「好。」

計畫就這樣開始了。

第15章

有人用亮光照福星的眼睛。她好不容易才睜開，她的頭感覺像被大榔頭敲過。她意識到那個光是太陽。她在葛蘿莉雅的露台椅上睡著了。她低頭發現皮夾在地上，有人把裡面的東西全倒出來，散布在露台上。她撿起雷耶斯的名片，在雜貨店換來的幾張五元紙鈔，幾張證件。她心裡突然慌了，趴在地上仔細到處找。她的樂透彩券，不見了。

「葛蘿莉雅？」她站起來大聲喊。

她確認過胸罩內側，把所有口袋全翻出來，但都沒有彩券。

「妳在嗎？」她敲葛蘿莉雅的門，但沒有回應。她轉了轉門把，沒有鎖。裡面昏暗寧靜，有股桃子空氣清新噴霧的味道。葛蘿莉雅的床鋪沒有整理，也沒有人。

昨晚用過的盤子和酒杯還放在廚房洗碗槽裡。流理台上有個酒瓶，標籤上寫著「酒精濃度百分之五十」。

福星跑去辦公室，但裡面也沒人。

她拿起電話撥打葛蘿莉雅的手機，直接轉進語音信箱。

她雙手發抖，撥打雷耶斯的號碼。

「喂？」

「是我。」

「嗨，我打了好幾次電話去營區！我問葛蘿莉雅妳在不在，每次她都說妳很忙。我的留言她有沒有轉達？」

「沒有，完全沒有。」

「那邊狀況還好嗎？」

「不好。」福星勉強說。她覺得天旋地轉，好像快吐了。她抓住桌子。

「對了，再過兩小時我就到了。妳爸爸和我在一起。他獲准出獄了！等一下見面再跟妳解釋，先這樣啦。」

貝蒂的叫聲讓她察覺他們到了。她站起來走出辦公室，剛才她把葛蘿莉雅飲水機裡的水喝掉一半，現在稍微不暈了。

雷耶斯從休旅車下來，貝蒂跟著下車，開心地蹦蹦跳跳。福星彎腰摸摸牠，心情暫時放鬆了一些，但很快又恢復原狀。

「妳爸爸睡著了。我們開了好幾天的車，他累壞了，讓他休息吧。妳先跟我說說這裡的事。」

「進來吧，我弄咖啡。」

貝蒂亦步亦趨緊跟著她。進去之後，福星找到福爵咖啡的罐子，盛了一些咖啡粉放進濾紙，啟動咖啡機。她在辦公室角落裝忙，思考該跟雷耶斯說什麼。咖啡煮好了，她倒出兩杯。「這裡沒有牛奶，連糖也沒有，黑的可以嗎？」

「沒問題。」

她們去外面，辦公室前面有幾張報廢堆在那裡的戶外椅，兩人過去坐下。貝蒂窩成一球趴在福星的腳邊。

「好，妳和葛蘿莉雅進展如何？」

「妳先說，約翰怎麼會出獄？」

「事情發生得很快，」雷耶斯說，「那天才剛放妳下車，我就接到通知隔天要開庭。」福星瞥雷耶斯的休旅車一眼，她爸爸——不對，**不是**她爸爸，而是約翰·阿姆斯壯——在前座睡覺，頭歪向一邊，嘴巴張開。他看起來像八九十歲的老人，感覺很陌生。現在對她而言，他真的是陌生人了。「法庭很快就做出裁決，判定他服刑的時間已經足以懲罰他的實際犯行，並且免除三振出局法，所以啦，他在這裡。」

「真不錯。」福星說。

「妳怎麼好像不太高興，妳沒事吧？」

「我發現他其實不是我爸爸。」她說。

「**什麼**？」

休旅車的門開了，貝蒂吠叫。約翰醒了，下車，迷迷糊糊地東張西望。雷耶斯站起來，壓低聲音對福星說：「我不知道妳剛才那句話是什麼意思，不過最好不要跟他說。他的狀況真的很糟，經常頭腦不清。他需要看醫生，但他想先來看妳。」

雷耶斯轉身，小跑步到車子旁邊。

「嘿，約翰！別擔心，我在這裡。你看，我帶你來找福星了！」

一看到她，他的臉立刻亮起來。福星心中的憤怒消散了一下。她腦中響起凱瑞的聲音，他說，等約翰出獄恐怕會變成截然不同的人，變成她完全不了解的人。但此時此刻，他的眼睛綻放光彩，和她記憶中一模一樣。

但也不一樣，因為現在她知道真相了，他確實變成她不了解的人了。葛蘿莉雅偷走樂透彩券逃跑，她無法承受。她終於崩潰了，她嚥下哽咽。

福星從椅子上站起來，快步朝河邊走去。貝蒂跟上。

「福星，等一下，是我啊，妳老爸！他們放我出來了！見到我妳不高興嗎？為什麼要跑走？妳在哭嗎？」

她不停往前走，到了河邊才停下。貝蒂先追上來，接著約翰也來了。「福星。**真的**是妳吧？我最近不太正常。**真的**是妳吧？妳怎麼好像不認識我一樣？」

「約翰，你知道這是什麼地方嗎？你知道這裡是哪裡嗎？」

他緩緩轉一圈，看看四周破敗的環境。「不太……清楚？」

「戴佛如營區。幾個星期前我去探監，你告訴我這個地方，記得嗎？」

「噢，啊，對耶，是我告訴妳的。」他一臉錯愕。「雷耶斯跟我說過。她告訴我很多事，怕我忘記。完了，妳見到葛蘿莉雅了，妳找到她了。我叫妳不要來找她，但妳還是來了。」

「沒錯，我見到格蘿莉雅，把自己搞得很難堪。我告訴她，我是她失散已久的女兒，結果……結果我竟然是你從教堂台階上偷來的？去你的。」她努力想保持鎮定，但她的聲音發抖。

「不是偷，」他搖頭說，「妳被丟掉！我**救了**妳——」

「你騙了我一輩子！你不是我的親生父親，從頭到尾葛蘿莉雅都不是我媽媽。」

雷耶斯本來要過來，但現在又往後退，想給他們一點空間。

「現在妳一口咬定我是壞人？只因為我不想讓妳知道這件事？妳是怎麼回事？妳以為自己是聖人？」

「我是罪犯。」她說，音量降低，「你從小教我犯罪。我以為愛過的人也是罪犯，現在他……」她差點哭出聲，但用力嚥回去，「他很可能死了。我們一起犯的罪現在得由我一個人扛，甚至還有一些我不知道的。我唯一的機會，我唯一的盼望……葛蘿莉雅偷走了樂透彩券，現在找不到人了。」

「樂透彩券！在哪裡？葛蘿莉雅在哪裡？快從她手上拿回來。我可以去領獎，我一分錢也不要，一毛錢也不要，因為妳說得沒錯。我確實做錯了，我不該騙妳，不過，我發誓，如果妳願意讓我彌補，我絕對不會辜負妳的信任。我去幫妳領彩金。我現在就叫雷耶斯載我去。那麼多錢，妳想做什麼都可以！警察永遠不會找到妳——」

「我不是說過了嗎？彩券不見了！葛蘿莉雅偷走了！」

「那又怎樣？找到她就好。」

福星搖頭。「怎麼找？我們怎麼有辦法在她領獎之前找到她？」

他遠眺河面，視線再回到她身上。「妳知道，一看到妳，我就愛上妳了。真的不是妳想得那樣。我想照顧妳，我也**做到**了，不是嗎？我說妳是我的女兒，因為我從一開始就覺得妳是。妳是。」

「少來，你從來沒有愛過我，你只是看出我很有用。你看出可以塑造我，然後利用我完成你的騙局。無論你說什麼都不可能改變，所以別說了。」

「妳小時候有很長一段時間甚至不知道媽媽是什麼。」他說，「妳四歲……或五歲的時候第一次問我，我嚇呆了。我想不出該怎麼回答，於是我說妳媽媽是葛蘿莉雅，因為她是我第一個想到的女人。從那之後謊言一發不可收拾，我從來沒想過……」他舉起雙手，不知道該怎麼說。

「你從來沒想過我會找到她。」

「可以這麼說。」

「我不想再跟你說話了，我想一個人靜一靜。來吧，貝蒂，我們走。」

她離開他，往她的小屋走去。進門之前，她轉身看到爸爸獨自站在原處。雷耶斯過去找他，一手按住他的肩膀，他低下頭。福星看得出來爸爸在哭。不對，**不是**她爸爸。

貝蒂嗚咽，她帶牠進去。福星拉起窗簾，坐在床上，低頭望著空空的雙手。

太遲了。她和她的人生永遠不會改善。現在她只能做一件事：自首，然後為罪行付出代價。

二〇〇八年八月
紐約市

「我依然夢想有一天能找到她。」薇樂莉說。

今天是這個月的一日，她和瑪格麗特．吉恩修女在那家小餐館見面，這個習慣已經維持將近三十年了。「如果真能找到就是奇蹟了，對吧？」

「沒錯，確實是奇蹟。」瑪格麗特．吉恩修女跟著說。

那個可惡的銀行帳戶裡來路不正的錢，多年來被瑪格麗特．吉恩修女慢慢消耗殆盡，現在只剩下一點點了。讚美上帝。薇樂莉的大學學費、法學院學費，修女一路扶持她爬上漫長的成功道路。她確實成為了法律人，現在是曼哈頓地檢署的檢察長。瑪格麗特．吉恩修女引以為榮，這是她人生中最大的喜悅。她辦到了。因為薇樂莉．曼恩，這個世界變好了一些；換言之，因為瑪格麗特．吉恩修女，這個世界變好了一些。妳得到寬恕了。她經常這樣告訴自己——雖然她知道其實並非如此。只有上帝能夠寬恕她，而且薇樂莉很寂寞，很不快樂。她幾乎什麼都有：成就斐然的事業、金錢，令壞人聞風喪膽的赫赫威名——但她沒有親近的人。她從來沒有結婚。瑪格麗特．吉恩修女不確定她有沒有朋友，但修女猜想就算有應該也不多。她的祕密很可能留下太大的陰影。薇樂莉不和家人聯絡；有時候她會提起過世已久的奶奶，她們很親，然而，她懷孕被父母趕出家門時，親子關係便斷絕了。瑪格麗特．吉恩修女看得出來，即使已經過了將近三十年，拋棄女兒的內疚依然重重壓在薇樂莉的心頭，使得她無法與人建立感情。

這些年每個月見面時，薇樂莉總是說：「我一直在尋覓她。」她們一直約在同樣的地方見面。在這個變化萬千的城市裡，這家餐館是少數不變的事物，兩人也固執地一再回到這裡。瑪格麗特．吉恩修女很想說，*我也一直在尋覓她，而且我也在找那個男人。*但她只是滿臉同情地微笑點頭，從不說出心裡的想法，現在也一樣。

「問題是，我好像真的看到她了，」現在薇樂莉說，「我知道以前也發生過這樣的事，每次都是我弄錯了，但一個月前我在新聞上看到一個年輕人，讓我不由自主想起她。她長得真的好像我。」薇樂莉將一張照片推向修女。每當薇樂莉這樣說話的時候，總感覺像個孩子，不再是功成名就的女強人，而是當年第一次在這家餐館和瑪格麗特．吉恩修女談話的那名少女，滿懷恐懼與悲傷。

瑪格麗特．吉恩修女看著照片裡那個美貌女子，她穿著俐落白上衣搭配海軍藍西裝外套，傾身靠近鏡頭，眼神含笑。她必須承認，這個人**確實**很像薇樂莉。同樣的髮色、同樣的鬈度、同樣的臉型、同樣的嘴型——同樣罕見的眼睛。她仔細研究那雙眼睛。

「太不可思議了。」

「她遭到警方通緝，」薇樂莉說，「罪名是盜用公款。我想盡辦法調查她，但全都沒有結果。沒有父母、沒有家庭。我知道不該浪費時間，但我一直想看這張照片。」

瑪格麗特．吉恩修女想起當初那個皮鞋閃亮的男人，她經常想起那個人。

那天夜裡她任由他抱走嬰兒，她很想知道他究竟給了那個孩子怎樣的人生。難道他真的帶那孩子誤入歧途，到了無法回頭的地步？當然可能，什麼都可能發生，但她希望不至於那麼嚴重。

「我覺得她應該不是妳的女兒。」她對薇樂莉說，將照片還回去。

「真的嗎？」薇樂莉低頭看那張照片良久，才收起來。「看來不可能證實了。」

「是啊，」瑪格麗特．吉恩修女說，內疚更加沉重，「不可能。」

第16章

福星依然坐在木屋裡。她獨自躲在裡面好幾個小時，不知道接下來該怎麼辦。外面開始下雨了，天色越來越黑。福星離開床鋪，再次看向窗外。白色休旅車還在，雷耶斯和約翰在車上等待。

貝蒂睡著了，縮成一球躺在床下，但福星開門時牠立刻睜開眼睛。

「狗狗乖，別擔心，我馬上回來。」福星奔跑穿過潮濕的草地往辦公室去，不理會在車上注視她的雷耶斯跟約翰。她進去之後，首先再試一次葛蘿莉雅的手機，以防萬一——但依然沒開機。她彷彿又回到凱瑞消失的那天早上，在拉斯維加斯的飯店房間裡，她一次又一次打電話給他，漸漸領悟遭到他背叛，令她心寒的事實逐漸成形。連那些毫無益處的感受也一模一樣：沮喪、恐懼、遭到拋棄。

她推開回憶，放下話筒，環顧昏暗無人的辦公室。她只感覺到內心的空洞。曾經屬於爸爸的位置——但現在他不是她爸爸了；曾經屬於葛蘿莉雅的位置——現在她連想像中的媽媽也不是了；曾經屬於凱瑞的位置——現在他走了，很可能死了，而且再也不是她能夠理解的人了；曾經屬於樂透彩券的位置，那個絢爛的希望盤據她的內心，成為她前進的動力。現在呢？現在只剩一個大洞，一個傷口。葛蘿莉雅表明她不是福星的媽媽，儘管如此，和她相處之後，福星開始覺得說不定可以信賴她。她甚至想像過告訴葛蘿莉雅彩券的事，請她幫忙領彩金。沒想到，她才剛放下心防，葛蘿莉雅就趁她酒醉昏睡時偷走彩券。她舉起雙手摀住臉。

門打開，是雷耶斯。

「嘿，妳沒事吧？怎麼回事？」

福星搖頭。「拜託妳快點走，妳留在這裡也無濟於事。」

但雷耶斯拉了一張椅子坐下。

「我不知道當年的事，約翰也沒有告訴我。剛才我們談了一下，他稍微清醒了一點，他似乎理解自己做了什麼、妳發現了什麼。他真的很想幫妳。」

「我不想要他幫忙，我根本不想要他來。」

「可是，問題是……唉，他真的很愛妳。以前我很嫉妒，我經常想，要是有人像他關心妳那樣關心我就好了，要是能有真正的爸爸，那我就滿足了。」

「我沒有真正的爸爸。」

「至少比我爸好。以前他常把我打個半死。我被社福單位強制帶離之後安置在寄養家庭。就是因為這樣我才會認識普莉希拉，人生差點完蛋，所以啦……」

辦公室裡只剩下大雨打在組合屋屋頂的聲音。

「監獄很殘酷，」雷耶斯說，「會奪走人很多東西，看看妳爸爸現在的樣子妳就會明白。不過，監獄確實能讓人明白改過自新的機會有多重要。」

「他欺騙我，隱瞞我真正的身世，我永遠無法原諒他。」

「他是個好人。」

福星冷笑。「看來妳這輩子很少遇到好人。」

「沒有人關心我死活的時候，只有他和善對待我。他之所以明知不對還繼續為普莉希拉工作，也是為了保護我。」

「我以為是為了幫我籌學費。」

「那只是一部分。」

更長的沉默，更多雨打屋頂的聲音。

「妳爸爸告訴我樂透彩券的事了。」

福星抬起頭。「啊，」她說，「現在我明白為什麼妳對我這麼好了。」

雷耶斯大笑。「有沒有搞錯啊，福星？妳以為我想幫助妳、想和妳做朋友是為了彩金？這個希望也太渺茫了吧？首先我們要找出那個偷走彩券的葛蘿莉雅，然後還要從她手上把彩券搶回來。」她搖頭，依然笑個不停，「要是被抓到和妳這個逃犯在一起，我會有什麼下場，妳知道嗎？光是來這裡找妳就已經違反了我的假釋規定。那天開車送妳去客運站的風險也很大，更別說要是普莉希拉發現，她很可能會殺了我。那時候我還不知道彩券的事，對吧？妳遲早必須學會信任別人，這樣可以讓妳少受很多苦。」

「是喔。過去我決定信任別人的時候，結果都慘兮兮。」

「說不定妳應該先讓那些人證明自己值得信任，要用行動證明，不是說說而已。」

福星很想發脾氣，卻發現她沒有那種力氣。她知道自己的態度太苛刻，很不公道。

「對不起，」她說，「妳沒必要去接我，但妳去了。」她嘆息，「謝謝妳那天幫我。」

「不客氣。每個人都應該有第二次機會和第三次機會，只要是人都會犯錯。要是我們從不寬恕，最後就會變得孤孤單單。」

「我**現在**就很孤單了。」

雨停了，小小的辦公室裡沒有人說話。福星伸出雙手食指放在眼睛下面，接住湧出眼眶的淚水，抹在牛仔褲上。

「妳並不孤單。」雷耶斯說。

「現在我好像該去自首了。」

「不行，」她說，「還不是時候。我因為工作認識了一個人，她在紐約市當私家偵探，她欠我一個人情。明天早上我們開車過去。」

「做什麼？」

「說不定她能幫妳找到葛蘿莉雅，還有被偷走的彩券。妳不能放棄，現在放棄還太早，而且……約翰想帶妳去他找到妳的教堂，說不定有幫助。或許有人可以回答妳的問題？」

福星覺得什麼都幫不了她，但她還是同意雷耶斯的計畫。

車子在公路上行駛，山巒逐漸變成丘陵，出現平房，接著四四方方的大賣場進入視野，樹木也從高聳參天變得瘦瘦小小。

「我可以開收音機嗎？」約翰問雷耶斯。一整個早上福星都沒有跟他說話，她甚至無法直視他的雙眼。他表現得若無其事，福星不禁懷疑，說不定他已經忘記了昨天在河邊發生的事。如果他連自己做過的事都忘記了，還能生他的氣嗎？約翰的衰退非常明顯，他有清醒的時候，但糊塗的狀況很頻繁、很嚴重。

「你想開就開吧。」雷耶斯說。

約翰轉了好幾個頻道，終於找到洋基隊球賽轉播。

福星舉起一隻手摸摸脖子上的十字架。他們進入紐約市車潮，播報員約翰・斯特林高喊：「**洋基隊獲勝！**」約翰揮舞拳頭。「哈哈，厲害吧！」福星不由自主微笑，這是舊日留下的習慣。

福星望著車窗外。就快到了，雷耶斯放慢車速。

雷耶斯把車停好之後熄火。「到了，」她說，「我留在車上陪狗。」

聖莫妮卡禮拜堂有如藏在公寓與摩天大樓間的古董珍品。尖塔彷彿在宗教狂熱中朝天空伸出的手臂，只是地上的凡人不曾留意。貝蒂在車子後座，牠探頭過來舔一下福星的手，彷彿幫她加油。

「我好像記得她的名字，」約翰說，「我撿到妳那天晚上遇見的修女，好像是什麼吉恩的，可能是瑪麗．吉恩？我們進去問有沒有瑪麗．吉恩這個人。」

他們下車。快到台階時，約翰停下腳步。「福星，」他往下一指，「就是這裡，我看到妳的時候，妳就在這裡。天氣很冷，妳哭得很大聲，我以為妳是奇蹟。」

「別說了，我受不了。」福星快步走上台階，盡可能不去想像把她丟在這裡的生母，在又黑又冷的夜晚，拋下她獨自哭泣。

教堂裡很清涼，有著木頭與灰塵的氣息。福星伸長脖子往上看彩繪玻璃與穹頂。約翰從她身邊經過，走到教堂正面，福星看到他走近一張桌子，上面擺滿蠟燭，全都裝在半透明的玻璃容器裡。他點燃一顆蠟燭，然後低下頭。他怎麼會知道該怎麼做？她從沒有看過他的這一面。

她不知所措地走過去。他遞上打火機。「要不要點一個？」

她接過打火機之後轉身不看他。

究竟要怎麼祈禱才對？……人又為什麼要祈禱？祈禱會讓願望成真嗎？像許願一樣？要過多久才會實現？立刻？就像神燈精靈那樣？還是要花很多時間？如果是以前，福星一定會問約翰這些問題。現在不行了。她點燃一個蠟燭，然後又一個、再一個。她低頭看著小小的火苗，低低藏在紅色容器裡。

「福星，點蠟燭是為了紀念失去的人。」約翰說。

她想到凱瑞，無論他做了什麼，希望他臨終時沒有太痛苦。她點燃一個蠟燭。

她想到將她遺棄在這座教堂台階上的生母。再點一個。

她想到原本認定是爸爸的人其實和她毫無關係。再點一個。

樂透彩券。最後一個。

接著她全部吹熄。

「福星！」爸爸嘶聲說，「不可以！這樣……這樣……」他們身後有動靜，一位修女從中央走道朝他們走來。

「請問你們在做什麼？」她高聲問。

福星以為沒有別人在，但看來有。

「對不起，修女。」約翰開始道歉。

修女停下腳步，距離他們只有幾英尺。

「嘿，」約翰說，「瑪麗．吉恩，是妳嗎？」

福星看到修女的表情變了，似乎也認出他們是誰，福星絕不會看錯。然而，修女卻說：「我不知道你說的人是誰。」

修女轉身快步從走道離開，隨即走出教堂大門。

她丟下他們，現在真的只剩下他們，以及許多熄滅的蠟燭。

二〇〇八年十月

紐約市

瑪格麗特．吉恩修女一眼就認出那兩個人。她原本站在門邊享受秋季微風吹拂，他們突然從大門進來。

「福星。」是那個男人，她認得他的聲音。

這時瑪格麗特．吉恩修女張開嘴，卻發不出聲音。她從修女袍的摺子裡拿出手機，舉在手中找出薇樂莉的電話號碼，但她沒有撥號，還不行。她不太確定。她看著他們走向放蠟燭的桌子。那個男人老了很多，當年那種自信滿滿的感覺不復存在，但他的鞋子依然亮晶晶。那個年輕女人很美，雖然頭髮剪得像狗啃一樣，而且染得很糟糕。

瑪格麗特．吉恩修女默默看他們點燃蠟燭。

突然間，那個女人將蠟燭吹熄了一片。瑪格麗特．吉恩修女從作夢般的狀態驚醒。她快速趕過去，大聲制止，但不確定該做什麼。

倘若她對這兩個人的身分還有任何疑慮，在她近距離看到那個女人的瞬間也全部煙消雲散。她的眼睛有如翡翠，和薇樂莉一模一樣。

將近三十年，瑪格麗特．吉恩修女一直盼望奇蹟也會降臨皇后區，雖然她從來沒有看過——但現在，奇蹟出現。真的發生了，他們回來了。

她的視線從那雙熟悉的綠眸移動到女人的項鍊上，她曾經熟悉的項鍊，現在戴在那個年輕女子的頸子上。當初她戴這條項鍊其實沒有什麼意義，但現在那個閃亮的黃金十字架感覺有如上天給的信號。只要她踏錯一步，一切都可能毀於一旦。

她究竟該怎麼辦？

這時那個男人稱呼她瑪麗．吉恩。

「我不知道你說的人是誰。」她回答。

她跑出教堂，在台階上停下腳步，剛才她看到他們從一輛白色休旅車下來，現在車還停在原處，她抄下車牌號碼，走到馬路邊招了一輛計程車。

車程十五分鐘。她在一棟莊嚴的灰色辦公大樓前面下車，薇樂莉在這裡上班。她從外面經過很多次，但從不曾進去。她們每次見面都約在那家餐館，然而今天不一樣，她第一次推開沉重的金屬框玻璃門，走向保全櫃台。

「我的名字是瑪格麗特．吉恩，我來找曼哈頓地區檢察長，薇樂莉．曼恩。請告訴她我有急事，請告訴她這件事不能等。」

第17章

福星和約翰從教堂出來，重新上車。雷耶斯問：「你們有沒有找到人？」剛從昏暗的教堂出來，城市的陽光感覺太刺眼，福星瞇起眼睛。

「不知道。」福星說，依然有點昏昏的。

「我確定就是她，」約翰說，「瑪麗‧吉恩？瑪姬‧吉恩？我想不起來她的名字。噢，實在太久了。」他扭著雙手，回頭看福星，「後來她就跑走了，說不定不是她。我不知道，真的不知道。」

「呃，如果是剛才跑出來的那個修女，她抄下了我們的車牌號碼。」雷耶斯發動引擎，「八成沒好事。不管怎樣，我們該走了；我約了那個私家偵探朋友半個小時後見。」她把車開上馬路，很快教堂就被拋在身後。

雷耶斯再次停車，這次停在布朗克斯區的一棟低矮建築前面。

「你們在車上等好了。」她對約翰與福星說，「認真祈求一下能順利找到人。」她下車之後用力關門。

她離開之後，車上一片沉默。

約翰說：「對不起。希望有一天妳會原諒我，希望妳能理解。」

「因為你當初的所作所為，我恨你。」福星說，她真的恨他。「但我也很想你。」她哽咽不成聲，她也真的想他。「這麼多年，我一直好想你。現在你出獄了，我……我什麼都不能做。我說不出希望你從我的人生消失，也無法原諒你。現在還不行，我需要時間。」

「我懂。」

他們默默等雷耶斯。半個小時後，她回來了。

雷耶斯上車之後說：「她很簡單就查到了葛蘿莉雅的刷卡紀錄。有點奇怪，她好像入住了逸林酒店，離營地不遠，就在奧尼昂塔市，距離營地才二十分鐘車程。所以啦，如果要找到她，現在就得出發回去了，搞清楚她拿著彩券躲起來到底想怎樣。你們同意嗎？」

「只能這樣了。」福星說，但她忍不住想著那個修女，說不定她知道關於福星生母的事。不過現在就算問了也沒用。不如拿回彩券再來，**前提**是她能成功拿回來。

約翰伸手關掉收音機。

「來想個計畫吧？」他說，「我們要先想好，這樣到了飯店才能順利找到人。」現在他感覺又像以前的樣子了。福星的情緒劇烈擺盪，不知道下一刻他會變成什麼樣子，糊塗老人還是以前精明機敏的他。

「約翰，你可以說她偷了**你**的東西。」雷耶斯說，「你可以打電話報警，說前妻偷走了你的樂透彩券，然後正式提出盜領申訴？」

「問題是約翰不可能在我買彩券的那天出現在愛達荷州，」福星說，「因為他在監獄裡。」

「雷耶斯，我們可以說彩券是妳的，」約翰提議，「我們去葛蘿莉雅的營區時被她偷走。」

「還是不行，」福星說，「如果雷耶斯報警說彩券遭竊，警方就會展開調查，他們會調出我買彩券那家店的監視器畫面，裡面的人不是雷耶斯，而是我。」

「也就是說，應該有辦法證明是**妳**買的？」雷耶斯說。

「我也不知道，」福星說，「我真的想不出來要怎麼做才行得通。」

「別這樣，」約翰說，「繼續動腦。我們需要計畫。」

「勒索，」福星終於說，「找到她之後，我威脅她要去報警，說出她假借維修房屋詐財。我可以讓她相信我有錄影，讓她相信要是不交出彩券我就會報警。」

雷耶斯將休旅車停在飯店停車場，飯店的建築感覺很樸素。他們把貝蒂送去寵物旅館寄宿；等搞定一切之後會去接牠，但現在不能讓牠礙事，也要保障牠的安全。

三人走進飯店，站在大廳，環顧米色牆壁、米色磁磚，酒紅色沙發和扶手椅。「我去查出她的房號，」福星說，「雷耶斯，手機借我用一下。」她將手機關機。「你們兩個去站在電梯旁邊。查出房號之後我就去和你們會合。」

福星走到櫃台前，一臉抱歉。「你好。真的**非常**不好意思，可以麻煩你幫個忙嗎？我和人約在這裡見面，葛蘿莉雅．戴佛如？她傳訊息告訴我房號，叫我直接上去找她，可是我的手機沒電了。」她把手機拿到櫃台人員面前，戳了戳螢幕，完全沒反應。「……我不記得房號，可以幫我查一下嗎？」

「很抱歉，我不能告訴妳。不過我可以幫妳打電話去房間，通知她妳來了，請問貴姓大名？」

「哎呀。好，麻煩打給她。」櫃台人員拿起話筒撥號——福星迅速記住他撥的號碼。

「噢！」她嚷嚷，「她應該去賭場了。不用打了，沒關係。」櫃台人員掛掉電話，然而，在他將話筒放回電話機的前一秒，福星聽見一個女人的聲音說「喂」。

她走向電梯，雷耶斯與約翰在那裡等。

有一對夫妻和他們一起搭乘電梯，所以他們沒辦法說話，到了五樓才開始討論。

「好，」約翰說，「最後再來核對一下計畫。」

「或許由雷耶斯敲門比較好。她可以說飯店免費提供開夜床（註）服務，然後——」

「葛蘿莉雅一定會很高興，跟她說要給她巧克力。」

雷耶斯去敲門，他們兩個往前走遠一點。房間裡傳出葛蘿莉雅的聲音：「哪位？」

「客房服務，」雷耶斯說，「贈送巧克力和開夜床。」

「什麼東西？」葛蘿莉雅的語氣很凶。

「我們提供特別的開夜床服務……並贈送巧克力。」

「把巧克力放在外面就好。」

「我們有幾種不同的口味可供選擇，薄荷巧克力、草莓巧克力、橘皮巧克力——」

「走開。」

沉默。

「糟糕。」雷耶斯小聲說。

福星上前敲門。「葛蘿莉雅？妳知道我是誰。妳拿走了我的東西，不過我也有妳的東西。我錄下了妳承認謊稱維修向老人詐財的影片，營地裡有很多不爽的證人。我設了速撥，一按下去直通警察局。」

依然沒有回應。

這次換約翰去敲門。「葛蘿莉雅。我是約翰．阿姆斯壯，真是的，快點開門。」

片刻之後，門開了。葛蘿莉雅的頭髮往四面八方豎立，眼神狂亂。「老天爺，拜託你們閉嘴！」她察看走道，接著讓出門口。「進來，動作快。」

他們全都進去之後，葛蘿莉雅上了兩道門鎖。

「妳是誰？」葛蘿莉雅問雷耶斯。

譯註：開夜床，酒店員工將賓客床的寢具翻開，以備賓客睡眠使用的服務。在開過夜床的枕頭上，一般會放置一些甜點，例如巧克力或薄荷糖。

「他們的朋友。」雷耶斯說。

「我見識過她的朋友，」葛蘿莉雅回答，朝福星一撇頭，「那些人真的很恐怖。」

「葛蘿莉雅，不打個招呼嗎？」約翰說，「都三十年沒見了，妳不想知道我過得好不好？」

葛蘿莉雅只是看著他。

「你真的以為我還會在乎？我知道你來找我的目的，彩券已經不在了。」

福星一直在觀察房間裡的狀況，衣服到處亂丟，一堆空的外賣餐盒。梳妝台上放著一瓶打開的藍月啤酒。

「不在了是什麼意思？」約翰問。

葛蘿莉雅坐在床上，雙手摀著臉。她抬起頭。

「好吧，對不起。我給她喝五十趴的烈酒，她醉得糊里糊塗，說她中了樂透頭獎，然後就睡死了。我去翻她的皮夾，拿出彩券對號碼，結果真的是頭獎，我一下子……失心瘋了。不過我離開營區之後沒走多遠，就被一個瘋婆子和她的保鑣逼車，搞得我不得不停車。他們問我認不認識福星。我說，媽的，誰是福星？」

「那是她的真名，」約翰說，「呃，其實是露西安娜。」

「唉，現在我知道了。他們揍了我一頓，最後我說雖然我不認識叫作福星的人，不過我最近遇到一個叫莎拉的人，符合他們的描述。他們逼我往河邊走。」葛蘿莉雅的聲音開始發抖。「我聽到他們說要槍殺我然後丟進河裡。所以我傻傻說出我有中獎的樂透彩券，彩金非常驚人，他們不可以殺我。那個大塊頭很興奮，他們搶走彩券之後跑了。就這樣。我跑來這裡，我太害怕，不敢回營區，從那之後我一直躲到現在。」現在她看著福星說，「那個，對不起。」

福星搖頭。「無所謂了。」她說。

一切都結束了。她不可能從普莉希拉手中奪回彩券。要是她膽敢接近普莉希拉，普莉希拉絕對會殺死她。狀況一直對福星很不利，但現在更是到了她無計可施的程度。

「我去走走。」福星說。

雷耶斯上前。「來，」她拿出車鑰匙，「去車上坐坐。又開始下雨了。」

「好，我等一下就回來。」這個謊感覺比其他謊言更惡劣。

福星穿過大廳。走出飯店大門之後，她站在停車場的遮雨棚下看雨，就這樣過了一分鐘。她強迫自己把心思集中在僅存的一點希望上，這樣她才有辦法繼續前進。沒錯，自首之後她會去坐牢，但她可以告訴警方所有事。她可以說出樂透彩券先被葛蘿莉雅偷走，然後又被普莉希拉搶走。或許警方會願意調查。如果她能設法證明彩券是她買的，彩金真的屬於她，如果她能找人去愛達荷州她買彩券的那家加油站看監視器影片，或許那筆錢可以交付信託，等她出獄再領取。

福星邁步走進雨中。她走了幾步，看到漆黑的前方有個女人。她的頭髮濕漉漉，臉上有一條條汙痕，坐在濕透的毯子上。她拿著一塊紙板遮頭。放在前面的紙板字已經開始褪色了，但福星還是看得出內容：破產、挨餓、悲傷。一杯熱咖啡就能讓我開心一天。

福星伸手進口袋。之前在雜貨店耍花招換來的五元紙鈔還在身上。她把錢全部給了那個女人。「謝謝，」女人說，「上帝保佑妳。」

「對了，這附近有沒有警察局？」福星問。

「有，」女人說，「往那個方向走，大概過八個路口。」

福星邁步往前走，一輛車在她身邊停下。她聽見開車窗的聲音，於是說：「拜託，雷耶斯，已經沒希望了。假裝這件事沒發生過吧，我要去自首。」

但當她抬起頭，卻發現根本不是那輛白色休旅車。

「妳好，」駕駛座上的女人說，「我不是雷耶斯。」那個女人一頭紅髮，夾雜幾許銀絲，往後梳攏成低髻。綠眸，很熟悉的眼睛。福星在拉斯維加斯飯店的電視上看過她，當時她正忙著詐騙傑瑞米・吉布森。曼哈頓地區檢察長。她的眼睛——福星每天都在鏡子裡看到一模一樣的眼睛。她的手臂瞬間汗毛直豎。

「我的名字是薇樂莉・曼恩，請問妳願不願意和我談一下。」

看來躲不過了，她要被逮捕了。

「沒關係，」福星說，「妳不必拿出手銬。我會安靜配合。」

「不，」薇樂莉搖頭，「不是那樣。我想和妳談一下，因為……我可能是妳的生母。」

二〇〇八年十月
紐約州，奧尼昂塔市

「那時候我才十六歲。」薇樂莉開始回憶，「我愛上一個人，以為沒有他會活不下去。現在我甚至不知道他在哪裡，他已經不重要了，但我每天、每天都會想起妳。我把妳放在教堂台階上，我以為這樣對妳最好，離開我，妳能有更好的人生。後來我回去找妳，但妳已經不見了。」

那個年輕女子雙手握著眼前的咖啡杯，看起來已經涼了。她閉上雙眼，垂著頭，肩膀顫抖。薇樂莉很熟悉，她自己也是那樣哭，無聲、迅速。年輕女子哭完了，抬起視線。她的女兒，那雙眼睛。

「妳叫什麼名字？」薇樂莉問。

「露西安娜，」她說，「但大家都叫我福星。」

薇樂莉想告訴她那一夜為她取的名字，但現在感覺還太快。於是她改為說：「每年妳生日的時候，我都會計算妳的年紀。現在妳二十六歲了，對吧？無論在哪裡，我都覺得好像看到妳，我會不自覺地在第一次見面的人身上尋找妳。」

「我也是。」福星說。

「拋棄妳是我做錯了，非常、非常可怕的錯誤。妳有可能原諒我嗎？我很希望能夠多了解妳。」

「那妳只會了解一個罪犯。我會告訴妳所有事，然後妳可以打電話叫同事來逮捕我。」

「不，」薇樂莉說，「我已經全都知道了。我想幫助妳，無論發生什麼事，我的決心不會改變。」

第18章

咖啡店打烊了，她們換地方，去了薇樂莉的車上。車窗起霧，兩人在安全的小天地裡繼續說個不停。首先，福星告訴薇樂莉她一生的經歷——包括中樂透的事，以及彩券遭竊的事。接著薇樂莉告訴福星找到她的經過。

「瑪格麗特．吉恩修女跑來找我，說她看到妳，我開始把所有線索整合在一起。」薇樂莉說，「我調查她給我的車牌號碼，發現車主是一個名叫瑪麗索．雷耶斯的人，我查明她的身分背景，得知她剛從聖昆丁監獄接走約翰．阿姆斯壯。我調出約翰．阿姆斯壯的照片給瑪格麗特．吉恩看，她確認他就是我在找的人——那麼多年前從教堂台階上抱走妳的人。但不只這樣而已。我繼續深入挖掘，我發現妳和大衛．佛古森有牽連——他的真名是凱瑞．馬蒂森——這部分引起我的注意。」

「凱瑞，沒錯。他曾是我的伴侶。」

「他的父親是約書亞·馬蒂森，母親是普莉希拉·勒闞斯，妳知道嗎？」

「我認識普莉希拉，沒見過約書亞。」

「約書亞·馬蒂森生前是販毒組織首腦，很多年前在加州被一個幫派老大殺死，但大家都認為是普莉希拉串通幫派老大殺人。不過她不販毒，她洗錢；比較簡單，輕鬆就能賺到錢。但她太貪心了。她開設假的慈善機構，原本是為了洗錢，但後來她騙了太多錢，招來政府調查。她進了監獄，約翰跟雷耶斯也是。普莉希拉出獄時宣稱已經改過自新，但我調查她很多年了；不只我一個人在調查她，全國的警察單位都很想證實她依然在進行大規模洗錢，並且跟幾個州的犯罪組織勾結很深，可惜始終找不到證據。顯然她不相信任何人。」

「除了家人。」福星說。

「沒錯。這麼一來又回到凱瑞身上。我聯絡過內華達州的各家醫院，詢問過去一個月是否有身分不明的男性入院，結果發現有一個人符合凱瑞的特徵。」

「噢，我的天。」福星舉起一隻手摀住嘴，一時間，她難以控制情緒。

「有人發現他倒在百樂宮附近的小巷裡，被揍得很慘。現在他進了復健機構，他聲稱失憶——但妳我都很清楚，他可能只是撒謊。妳沒事吧？來。」薇樂莉伸手從後座拿了一瓶水和一盒面紙遞給福星。

「我們知道普莉希拉在哪裡，」薇樂莉接著說，「她投宿雪城的一家飯店。」

「她從葛蘿莉雅手上搶走樂透彩券。」福星說。

薇樂莉點頭。「也就是說，她很可能會躲起來一陣子，計畫領取彩金。她之所以沒有立刻去領，可能有幾個原因：首先，一旦出面領取，媒體就會大肆報導，以後她很難隱姓埋名；第二，她的犯罪同夥會找上門，讓她為過去的惡行付出代價。」

「我也犯了很多罪，同樣要付出代價。」福星說。

「妳的人生沒有太多選擇，而且妳的罪行和她相比，完全是小巫見大巫。更何況，妳可以協助我們。倘若妳幫我們抓到普莉希拉，我可以為妳爭取認罪協商。」

「我不想逃避懲罰。現在已經到了我必須說出實情的時候，我要為自己的所作所為負起責任。我辜負很多人，我竊取他們的財物……這些事都是我明知犯罪還做出的決定。我必須歸還偷走的錢。我願意服刑。或許有一天，我可以重新來過，不必繼續背負作惡的歉疚。」

薇樂莉看著她思索。「付出代價的方式有很多種。沒錯，如果能取回彩券，妳可以領取彩金之後歸還盜用的資金。以這類犯罪而言，這是贖罪很重要的一部分。不過，假使妳幫我們逮捕普莉希拉，讓她去坐牢，相信我，妳對社會的貢獻將遠超過妳的想像。妳願意幫助我的部門抓她嗎？」

「當然。」

「妳也會幫忙抓凱瑞．馬蒂森？」

「對，他也一樣。」

薇樂莉原本一直看著擋風玻璃外面，此時轉頭看福星。「事情結束之後，」她說，「或許我們可以設法……」她哽咽，伸手抽了一張面紙，揉成一團捏在手中，嚥下淚水。福星很熟悉這樣的行為，她自己也會這樣做。

薇樂莉定定注視福星。「對不起。」她說。

「我知道，」福星說，「我相信妳。」

電話有錄音。福星身邊圍著許多警察與調查局探員。她身上裝了竊聽器，為下一步進行準備。打電話給凱瑞是第一步。

「妳找到我了，」他小聲說，「噢，老天，福星，妳怎麼找到我的？」

「你媽告訴我你可能已經死了，我就開始想，萬一沒有呢？我打電話去內華達州的醫院一家一家詢問，我不肯放棄，就這樣找到你了。」

「不愧是福星，毅力十足的生存鬥士。我真的好害怕，對不起。」

「發生了什麼事？」福星讀著台詞，「我還以為你丟下我捲款潛逃了呢，不過我去到你媽那裡，她稍微透露了一點。她說是她派人——」

「那個**賤人**——」

「她說你一直在幫她做事，還說你企圖捲款潛逃，很大一筆錢。真的嗎？」

「這些事不適合在電話上講。妳剛才說妳在哪裡？」

「紐約，我用的是公共電話。」一位警員按下電腦上的按鈕，喇叭傳出公車駛過的聲音，然後是其他交通噪音，音量忽大忽小。

「妳可以來這裡嗎？」他問，「坐客運？來這裡和我見面，我們可以一起遠走高飛。我好愛妳，沒有妳，我整個人都不對勁，真的很痛苦。妳一定要知道，我絕不會離開妳。」

福星眼前的台詞變得模糊。她的口腔又變得好乾，她拿起水杯。「我真的很擔心你。

可是……你騙我。你假裝經營餐廳，其實在幫普莉希拉洗錢，對吧？」

「對，對不起，我就是沒辦法脫離她。我努力過，但我辦不到。她害我陷入太深。她給我們波伊西那棟房子的時候，我以為只要我們努力工作一陣子，就能設法擺脫她，可惜天不從人願。」

「是啊。」

「妳會來嗎？」

「嗯，我會去。可能需要幾天的時間，但我會去。」

「我真的好高興妳找到我。好，我等妳，我愛妳。」

「我也愛你，凱瑞。」這句話感覺卡在喉嚨裡。她**曾經**愛過他，所以嚴格來說不算騙人。說不定她依然愛他，說不定她會永遠愛他，無論她的頭腦如何訓誡她的心。她還無法釐清，她只知道她必須繼續前進，告訴自己他是罪有應得。她不再是他的詐欺受害者。以前她是因為不得已才成為那樣的人，以後再也不必了。

福星掛斷電話之後安靜坐著整理心情。薇樂莉過去坐下。

「妳表現很棒。好，下一步，我們這裡有電話號碼。」薇樂莉對她說，「妳明白要對普莉希拉說什麼嗎？」

「應該沒問題。」每次福星注視生母的眼睛，總是會心中一驚。簡直像照鏡子。

「剛才和凱瑞通話那樣就很好。重點在於要很清楚，不能有任何模稜兩可的空間。和普莉希拉通話的時候，必須讓她承認僱用打手痛毆她兒子，甚至打算殺死他，還要讓她承認多年來凱瑞一直在幫她洗錢。以前你們住在舊金山的時候她就利用過他，後來在波伊西也繼續。可以嗎？」

「我能做到，」福星說，「虛張聲勢騙人是我擅長的技能。」難得一次，她可以毫不羞恥地承認這件事。在這方面她技術過人，沒想到原來這種技能也可以用在好的地方。

「叫她去這家餐廳和妳見面。」薇樂莉說，從桌面推過來一張紙，上面寫著餐廳的名稱和電話。「告訴她妳知道凱瑞的下落。得知凱瑞可能已經死亡之後，妳去拉斯維加斯找他，發現他躲在一間公寓裡，她必須先拿出妳想要的東西，才會告訴她地址。告訴她凱瑞答應和她見面，說出那筆錢在哪裡，但必須先談好條件，好嗎？」

「嗯。」

「假使我們的推測正確，她一定會和妳見面。她命懸一線，她必須歸還那筆錢。雖然樂透彩金足以償還，但她必須親自出面領取，這麼一來就會暴露形跡。」

薇樂莉走到房間另一頭，對幾位負責架設錄音設備的警員說話。

「好。我們上線了。」

福星默默獨坐，只剩下思緒——以及恐懼。

「福星，準備好了嗎？」該繼續前進了。

福星和普莉希拉約定五點見面。我知道凱瑞的下落，我也知道那筆錢在哪裡。我願意告訴妳，但必須見面談。普莉希拉上鉤了。

此刻，福星準時走進餐廳，獨自坐在桌邊。普莉希拉遲到了，十分鐘、二十分鐘，福星開始擔心她會爽約。

但普莉希拉終於走進餐廳。她帶著尼可，普莉希拉之家的保全。

「嗨，」福星說，「謝謝妳特地來一趟。」

「少來這套，福星。我想知道的那些事，快說吧。」

「把樂透彩券還給我。」

「快點告訴我，不然我會命令尼可送妳的腦袋一顆子彈。」

「這裡人很多，尼可應該不可能在餐廳裡對我開槍。把妳從我這裡偷走的彩券還給我。」

「我不是從妳那裡偷的，是從那個白癡葛蘿莉雅身上拿到的。」

「她是從我這裡偷走的，我要拿回來。假使我告訴妳那筆錢在哪裡，我就需要那筆彩金。我知道凱瑞從妳那裡捲走的錢藏在哪裡，我也知道他人在哪裡。他沒死。」

「錢在哪裡？」

「妳只在乎錢？我還以為妳會說：『噢，我的寶貝兒子還活著，感謝老天！』妳到底從哪裡弄來那麼多錢？為什麼會在凱瑞手中？」

「妳是笨蛋嗎？他在幫我洗錢，只是最後擺了我一道。我不太在乎他發生了什麼事，但我需要那筆錢，否則妳死，我死，大家死。」

「把彩券還我。除非妳先還我，否則我不會說出他在哪裡，我會直接走掉。」

「我會派人殺掉妳。」

「真的？我肚子裡有妳的孫子耶，妳真的會為了錢連孫子都不要？」

「福星，那是很大一筆錢。我在佛雷斯諾就跟妳說過了，那個孩子雖然重要……但我最重視的還是自己的命。」

「到底多少錢？」

「幾千萬，不只是餐廳而已。凱瑞也透過妳的生意洗錢，只是妳不知道而已。」

「妳幫誰洗錢？」

「我不會告訴妳。」

福西真希望現在眼前也有台詞，就像和凱瑞通話時那樣。她努力回想該說什麼，擔心自己記錯。「問題是，凱瑞輸掉了一部分。」

「什麼意思？**輸掉**一部分？」

「他幫妳洗的錢。」福星的心臟狂跳，這一段他們在警局練習過。「他迷上賭博，他賭輸了一部分，線上賭博。他開始害怕了。我發現他的時候，他全都老實告訴我了。他在拉斯維加斯的一家復建中心，他被揍得很慘，但沒有死。」

「狗屁，全都是妳編的！」

「普莉希拉，我認為我們應該要開始合作了。我需要為自己和孩子建立新生活。妳兒子不忠又撒謊，凱瑞背叛我也背叛妳，我們兩個都慘遭他背叛。把彩券給我，我就告訴妳找回那筆錢所需要的銀行帳戶資料，凱瑞輸掉的錢我也會用彩金幫妳補上。我會告訴妳他在哪裡。我們必須信任彼此，妳絕對想不到我有多恨凱瑞。他害我落到這種地步，我希望他付出慘痛代價。」

「噢，我懂，」普莉希拉說，「我完全明白。」

「快把妳偷走的彩券還我。」

普莉希拉坐著不動思考。當她伸手拿起放在身邊椅墊上的大皮包，福星很清楚她在想什麼：普莉希拉會把彩券還給福星，沒錯。接著福星會說出所有她想知道的事。然後普莉希拉和尼可會尾隨她，把她拉進暗巷幹掉，重新奪回彩券。

普莉希拉從包包裡拿出一個迷你保險箱，輸入密碼，拿出彩券隔著桌子遞給福星。「拿去吧。現在快告訴我錢在哪裡、凱瑞在哪裡。」她將手機推給福星，「用這隻手機打電話給他，號碼不會顯示。開擴音，我要確認他真的還活著，才會放妳走。」

福星低頭看彩券。是她的沒錯，她立刻認出來：上面的數字、每個小髒汙、每道小裂痕，在在證明了她帶著這張彩券走過的路。現在到盡頭了，她將彩券收進口袋。

「快說啊，錢在哪裡？」普莉希拉逼問。

「我不知道，」福星說，「沒想到原來我們是同類。兩個冷血無情的騙子，不擇手段得到想要的東西。」她站起來，「另外，孩子已經沒了。我們離開波伊西之前我流產了。當然啦，我很傷心。」接下來的部分很難，因為全都是違心之論；她真的很想要寶寶，現在依然想念：那份理想、那場美夢。「老實說，我非常慶幸你兒子的孩子沒了。那孩子有**妳**這種奶奶，我才不想要呢。妳這種人沒資格繁衍後代。」

「小賤貨，妳該不會以為我會放妳走吧？妳死定了。無論妳逃去哪裡，我們都會找到妳；無論妳做什麼，我們都會知道。妳看不到明天的太陽了。」

「妳這是在威脅我？」

「當然是。」

接下來一切都發生得非常快：突如其來的行動，巨大聲響，警察衝進門，大吼大叫，開槍。

尼可拔槍跳起來，但他沒機會開槍；特警隊的人先開槍打中他。他往旁邊倒下，福星感覺他的重量壓在身上。她倒在地上，尼可壓在她身上，一時間她覺得快窒息了。有人把他拉開，她聞到濃濃的血腥、刺鼻的金屬氣味，讓她想起人生中幾個最慘的時刻。她聽見普莉希拉尖叫，對天發誓遲早有一天會宰了福星，就算賠上她的命也在所不惜。有人帶她去到餐廳外的停車場，讓她不必再聽普莉希拉惡毒的叫囂咒罵——但她知道，剛才聽到的那些話，她永遠不會忘記。

她的上衣沾到尼可的血，全身發抖。

「他死了？」福星問，但沒有人回答。她感覺好孤獨。

但這種感覺很快就消失了，她的媽媽出現在面前。「妳真的很棒，非常完美。我以妳為榮。」薇樂莉說。她張開懷抱，兩人第一次擁抱。止不住的沉默淚水讓福星的肩膀抖個不停，但那是喜悅的眼淚。她們母女終於團圓了。

薇樂莉後退一些，注視福星的眼眸。「妳剛才的問題我可以回答。沒有，尼可沒有死，警方把他送醫了。我的團隊非常感謝妳，很多人都非常感謝妳。今天妳扳倒了普莉希拉．勒闕斯，妳成功了，妳為世人做出重大貢獻。」

後來，福星坐在警用廂型車後座，肩膀裹著毯子，雙手捧著一杯熱咖啡，薇樂莉說明接下來要展開的程序。福星要暫時進看守所，他們會妥善保管樂透彩券。薇樂莉的手下已經聯絡過樂透博彩委員會了，一旦確認彩券為真，彩金將會交付信託，等福星出庭作證說明普莉希拉與凱瑞的罪行之後再領取；雷耶斯與約翰也會作證。薇樂莉保證會保護好雷耶斯與約翰，他們不會因為違反假釋規定而重回監獄。

福星雙手捧著熱咖啡問：「他們在哪裡？」

「回紐約市的路上，由警方護送。他們很平安，他們把妳的狗也一起帶來了。對了，狗狗很漂亮。」薇樂莉說。

「謝謝，牠是我的家人。」

「我懂，不過我也希望能做妳的家人。我知道需要妳原諒的事太多，但我很有耐心。我永遠不會遺棄妳了，再也不會，好嗎？以後一切都會平安無事，相信我。我會讓妳的人生變得光明。我做得到，我發誓。」

第二次機會，第三次、第四次。雷耶斯說過：要是我們從不寬恕，最後會變得孤孤單單。她說得很對。「葛蘿莉雅會怎樣？」福星說。

「這就要由妳決定了。她偷走彩券的事，妳想提告嗎？」

福星搖頭。「不想，」她說，「不要為難她了。」

「好，就照妳的想法處理。」

福星很想告訴薇樂莉，她會重新做人——她將成為能讓薇樂莉自豪的女兒。不過以後還有很多時間。她即將展開新人生，她要以行動證明，而不是嘴上說說。

「有件事我一直想告訴妳，」薇樂莉說，「當年的事。」她的綠眸閃耀，反應出情緒。

「我生下妳之後幫妳取了名字。我叫妳茱莉雅——那是我奶奶的名字，她是指引我的明燈。對我而言，那才是妳的真名。但我無法否認：妳**確實**是福星，所以妳想用哪個名字都沒問題。」

從廂型車的車窗往外望，遠方可以看到紐約市，幽暗的陰影襯托出明亮的燈光。她真正的歷史也在那裡，與紐約市的街道交織。現在那個故事屬於她了。她還無法決定要做福星還是茱莉雅。然而人生中第一次，她確定兩件事：她知道自己是什麼人，也知道自己安全無虞。

〈全書完〉

致謝

首先我要感謝我媽媽，Valerie Clubine。如果沒有她，這本書不會存在，我也不會存在。即使在最困苦的日子，她也鼓勵我寫作，她保證我絕不會感到後悔。她說得沒錯。媽，因為妳相信我，所以我相信自己。我好想念妳，妳能夠成為我的媽媽，讓我感到非常幸運。

我也要感謝可靠的經紀人兼好友 Samantha Haywood，她無與倫比。她在 Transatlantic Agency 的團隊，以及 CAA 公司負責我的影視經紀人 Dana Spector，他們都是真正的狠角色。

感謝加拿大 Simon & Schuster 公司的所有人，尤其是最傑出的編輯 Nina Pronovost，最開朗的公關 Jillian Levick（蓬蓬袖萬歲！），以及 Karen Silva、Rebecca Snoddon、Adria Iwasutiak、Felicia Quon、Davia Millar、Kevin Hanson。

福星・阿姆斯壯凡事自立自強，但我不一樣。我非常感謝作家死黨——Karma Brown、Kerry Clare、Chantel Guertin、Kate Hilton、Jennifer Robson、Elizabeth Renzetti——謝謝妳們永遠陪伴著我，雖然說今年大部分只能精神相伴。

我要特別感謝 Laurie Petrou 幫我找到護法（註）：芝麻街的豬小姐。

另外也要感謝 Taylor Jenkin-Reid、Colleen Oakley、Samantha Bailey、Lisa Gbriele、Hannah Mary McKinnon；特別感謝 Cathrine Mackenzie 幫我做前期審閱，並且貢獻出一個我非常心愛的角色。

感謝 Sophie Chouinard、Sherri Vanderveen、Alison Gadsby、Kate Henderson、Nance Williams，以及其他親愛好友（我真有福氣）這一年給我的支持與愛，以其他更多、更多。

多虧 Rich Caplan 的幫助，我才能寫出真實的撲克牌局。（多虧有 Ruth Marshall，我才能常常有笑容。）

多虧各位讀者，我才有寫作的理由。也要感謝各位在 Instagram 上的說書網紅與書籍部落客，他們對書籍的熱愛讓大家認識我的作品，並且溫暖我的心。還要感謝世界各地賣書的人：你們是最好的人。

多虧有家人，我才不至於迷失。感謝我親愛的老爸Bruce Stapley，謝謝你真心喜愛這本書（雖然你不肯選一本最喜歡的書）；感謝我的繼父Jim Clubine，謝謝你像我媽媽生前一樣那麼相信我；感謝Ponikowski一家。感謝我的兄弟（以我喜歡的程度排列，開玩笑啦，是以年齡排列）Shane、Drew、Griffin Stapley。

最後，感謝我美麗的子女，Joseph與Maia，我人生中最美好的角色，屬於我這片天空的福星。感謝Joe，如果我的人生是一碗義大利麵，你就是裡面的起司餡肉丸。我寫作的理由有很多——其中包括你。你的愛、支持與信心讓這一切能夠實現，謝謝你願意陪我作夢。

譯註：護法（Patronus），《哈利波特》系列小說中，使用「護法咒」之後會出現的動物形象。

國家圖書館出版品預行編目資料

幸運女神 / 瑪麗莎．斯特普利（Marissa Stapley）著；康學慧譯. -- 初版. -- 臺北市：春光出版, 城邦文化事業股份有限公司出版：英屬蓋曼群島商家庭傳媒股份有限公司城邦分公司發行, 2024.02
面；　公分
譯自：Lucky
ISBN 978-626-7282-57-1（平裝）

885.357　　113000481

幸運女神

原文書名／LUCKY
作　　者／瑪麗莎．斯特普利（Marissa Stapley）
企劃選書人／何寧
責任編輯／何寧

版權行政暨數位業務專員／陳玉鈴
資深版權專員／許儀盈
行銷企劃主任／陳姿億
業務協理／范光杰
總　編　輯／王雪莉
發　行　人／何飛鵬
法律顧問／元禾法律事務所　王子文律師
出　　版／春光出版
臺北市 115 南港區昆陽街 16 號 4 樓
電話：（02）2500-7008　傳真：（02）2502-7676
部落格：http://stareast.pixnet.net/blog　E-mail：stareast_service@cite.com.tw
發　　行／英屬蓋曼群島商家庭傳媒股份有限公司城邦分公司
臺北市 115 南港區昆陽街 16 號 8 樓
書虫客服服務專線：（02）2500-7718 /（02）2500-7719
24小時傳真服務：（02）2500-1990 /（02）2500-1991
服務時間：週一至週五上午9:30～12:00，下午13:30～17:00
郵撥帳號：19863813　戶名：書虫股份有限公司
讀者服務信箱E-mail: service@readingclub.com.tw
歡迎光臨城邦讀書花園　網址：www.cite.com.tw
香港發行所／城邦（香港）出版集團有限公司
香港九龍九龍城土瓜灣道86號順聯工業大廈6樓A室
電話：（852）2508-6231　　傳真：（852）2578-9337
E-mail : hkcite@biznetvigator.com
馬新發行所／城邦（馬新）出版集團　Cite（M）Sdn. Bhd
41, Jalan Radin Anum, Bandar Baru Sri Petaling,
57000 Kuala Lumpur, Malaysia.
Tel:（603）90578822 Fax:（603）90576622　E-mail:cite@cite.com.my

封面設計／朱陳毅
內頁排版／芯澤有限公司
印　　刷／高典印刷有限公司

■ 2024 年 2 月 20 日初版一刷

Printed in Taiwan

售價／420元

城邦讀書花園
www.cite.com.tw

ISBN 978-626-7282-57-1

廣告回函
北區郵政管理登記證
臺北廣字第000791號
郵資已付，免貼郵票

115 臺北市南港區昆陽街 16 號 8 樓

英屬蓋曼群島商家庭傳媒股份有限公司

城邦分公司

請沿虛線對折，謝謝！

愛情・生活・心靈
閱讀春光，生命從此神采飛揚

春光出版

書號：OG0039　　書名：幸運女神

請於此處用膠水黏貼

讀者回函卡

謝謝您購買我們出版的書籍！請費心填寫此回函卡，我們將不定期寄上城邦集團最新的出版訊息。亦可掃描 QR CODE，填寫電子版回函卡

姓名：＿＿＿＿＿＿＿＿＿＿＿＿＿＿

性別：☐男　☐女

生日：西元＿＿＿＿＿年＿＿＿＿＿月＿＿＿＿＿日

地址：＿＿＿＿＿＿＿＿＿＿＿＿＿＿

聯絡電話：＿＿＿＿＿＿＿＿　傳真：＿＿＿＿＿＿＿＿

E-mail：＿＿＿＿＿＿＿＿＿＿＿＿＿＿

職業：☐ 1. 學生 ☐ 2. 軍公教 ☐ 3. 服務 ☐ 4. 金融 ☐ 5. 製造 ☐ 6. 資訊
☐ 7. 傳播 ☐ 8. 自由業 ☐ 9. 農漁牧 ☐ 10. 家管 ☐ 11. 退休
☐ 12. 其他＿＿＿＿＿＿＿＿

您從何種方式得知本書消息？

☐ 1. 書店 ☐ 2. 網路 ☐ 3. 報紙 ☐ 4. 雜誌 ☐ 5. 廣播 ☐ 6. 電視
☐ 7. 親友推薦 ☐ 8. 其他＿＿＿＿＿＿＿＿

您通常以何種方式購書？

☐ 1. 書店 ☐ 2. 網路 ☐ 3. 傳真訂購 ☐ 4. 郵局劃撥 ☐ 5. 其他＿＿＿＿

您喜歡閱讀哪些類別的書籍？

☐ 1. 財經商業 ☐ 2. 自然科學 ☐ 3. 歷史 ☐ 4. 法律 ☐ 5. 文學
☐ 6. 休閒旅遊 ☐ 7. 小說 ☐ 8. 人物傳記 ☐ 9. 生活、勵志
☐ 10. 其他＿＿＿＿＿＿＿＿

請於此處用膠水黏貼